NIC STONE

Nic Stone es autora de varias novelas juveniles, entre las que se incluyen *Querido Martin* —éxito de ventas del *New York Times*— y su secuela *Querido Justyce*. NPR seleccionó su novela *Odd One Out* entre los mejores libros juveniles y la Asociación Americana de Bibliotecas (ALA por sus siglas en inglés) la reconoció entre los Libros Arcoíris. Tanto *Jackpot* como *Chaos Theory* y *Fast Pitch* han sido incluidas en diferentes listas de lectura de la Asociación de Servicios Bibliotecarios Juveniles (YALSA). *Clean Getaway* también ha sido un éxito de ventas del *New York Times*. Nic vive en Atlanta, muy decidida a seguir causando revuelo con su escritura.

Querido Justyce

Querido Justyce

NIC STONE

Traducción de Hugo López Araiza Bravo

VINTAGE ESPAÑOL

Título original: *Dear Justyce*

Primera edición: enero de 2026

Copyright © 2020, Logolepsy Media Inc.
Todos los derechos reservados.

Publicado por Vintage Español®, marca registrada de
Penguin Random House Grupo Editorial USA, LLC
8950 SW 74th Court, Suite 2010
Miami, FL 33156

Traducción: Hugo López Araiza Bravo
Copyright de la traducción © 2025, Penguin Random House Grupo Editorial

Fotografía de cubierta © 2020, Nigel Livingstone
Diseño de cubierta: Angela Carlino. Adaptación de PRHGE

La editorial no se hace responsable por los contenidos u opiniones publicados en sitios web o plataformas digitales que se mencionan en este libro y que no son de su propiedad, así como de las opiniones expresadas por sus autores y colaboradores.

Penguin Random House Grupo Editorial apoya la protección de la propiedad intelectual y el derecho de autor. El derecho de autor estimula la creatividad, defiende la diversidad en el ámbito de las ideas y el conocimiento, promueve la libre expresión y favorece una cultura viva. Gracias por comprar una edición autorizada de este libro y por respetar las leyes del derecho de autor al no reproducir, escanear ni distribuir ninguna parte de esta obra por ningún medio sin permiso previo y expreso. Al hacerlo está respaldando a los autores y permitiendo que PRHGE continúe publicando libros para todos los lectores. Por favor, tenga en cuenta que ninguna parte de este libro puede usarse ni reproducirse, de ninguna manera, con el propósito de entrenar tecnologías o sistemas de inteligencia artificial ni de minería de textos y datos.
En caso de necesidad, contacte con: seguridadproductos@penguinrandomhouse.com.
El representante autorizado en el EEE es Penguin Random House Grupo Editorial, S. A. U., Travessera de Gràcia, 47-49. 08021 Barcelona, España.

Impreso en Colombia / *Printed in Colombia*

Información de catalogación de publicaciones disponible
en la Biblioteca del Congreso de los Estados Unidos

ISBN: 979-8-89098-475-3

Para Danny Ayers.
Siempre serás mi héroe.

Querido lector:

En realidad, yo no *quería* escribir este libro.

¿Te suena? Debería. Eso fue lo que dije cuando escribí *Querido Martin*. Y es tan cierto ahora como lo fue entonces, aunque mis razones sean distintas: cuando cerré la contratapa de *esa* historia, me dije que había terminado con Justyce McAllister y el mundo que habitaba. Justyce había alcanzado cierta paz y comprendía de forma más profunda su papel como capitán de su propio barco. Como mamá libresca, sentía que podía dejarlo libre para decidir hacia dónde ir y cómo llegar ahí.

Pero entonces llegó el día en que recibí una serie de mensajes de parte de un par de chicos que había conocido *gracias* a *Querido Martin*... y a quienes llegué a respetar y admirar. La cosa fue así (literalmente):

D: Qué onda chicos.

Z: Oaaaaaaa

Yo: FAVORITOS!

D: He estado pensando... tal vez, solo tal vez... Deberías hacer un libro sobre nosotros.

Z: Síí́í

D: Chicos negros, que... no sean como Justyce. Porque Justyce tenía esperanzas. Fue a una buena uni.

Yo: Cuéntame más.

D: Nosotros no tenemos buenas universidades. No tenemos una familia perfecta como todo el mundo.

Z: Es la pura verdad.

D: Sinceramente, no sé si vamos a pasar de los 18.

Z: Las cosas que D y yo vivimos todos los días.

D: Tal vez no quepa todo en un libro… pero uffff.

Z: Y tenemos familia y amigos en el bote y todo.

D: Sé que la gente te va a escuchar. Tú eres nuestra voz.

Desde esa conversación, he tenido el privilegio de conocer a *muchos* chicos y chicas que no se parecen nada a Justyce. Que no son buenos en la escuela ni tienen un futuro brillante por delante. No les va bien en sus SAT ni ganan campeonatos estatales de debate. No los he conocido en preparatorias ni en universidades de la Ivy League, sino en escuelas "alternativas" y en centros de detención juvenil.

Eso me hizo percatarme de que, si bien la historia de Justyce llegó a una conclusión satisfactoria (para mí, al menos), había alguien más —otro personaje— cuya historia no había terminado: Vernell LaQuan Banks Jr.

Si no lo recuerdas de *Querido Martin* (o no has leído ese libro), no te preocupes: lo recordarás.

Tiene una historia que contarte.

Nic

Aunque la condición sea crítica,
y la vida sea miserable,
tu postura es crucial,
no te estoy mintiendo.

—Talib Kweli

PRIMERA PARTE

El final

Imagen:

Dos niños en una zona de juegos nueva (2010)

No le tomó mucho tiempo a Quan decidir que esta vez se iba. Se siente un poco mal, sí: saber que Dasia y Gabe siguen en la casa hace que le duela la panza como siempre le pasa cuando se enfrenta con problemas de adultos que no puede resolver. Pero Quan apenas tiene nueve años. Irse de la casa *solo* ya es muy difícil. Tratar de llevarse a una hermana de cuatro y a un hermano de dos no iba a funcionar.

Le alegra que la primavera haya llegado antes. No le dio tiempo de agarrar una chaqueta al salir. Está bastante seguro de que había demasiada conmoción para que alguien se diera cuenta, pero da un par de vueltas innecesarias de camino a su destino por si Olaf —así le dice Quan al "novio engominado" de su mamá (y así le dice su *papá*)— notó su fuga.

¿De qué está seguro Quan? De que no podía quedarse ahí. No con ese tipo gritando y aventando cosas. Quan sabía lo que seguía y no podía verlo otra vez. Ya le costaba trabajo ver las secuelas florecer en esas raras manchas azuladas que hacían que los brazos y piernas de mamá se vieran como si alguien le hubiera lanzado globos llenos de pintura. Realmente no podía hacer nada al respecto. Aunque Olaf (Dwight es su nombre real) no sea *tan*, tan grande, sí es mucho más fuerte que Quan. La única vez que intentó intervenir, acabó con su propia mancha de colores. En la espalda baja, donde se pegó con la mesa del comedor cuando el tipo literalmente lo aventó hasta el otro lado de la casa.

Esconderle ese moretón a papá fue casi imposible. Y Quan *tenía* que esconderlo, porque sabía que si papá se enteraba de lo que pasaba en realidad cada vez que Olaf/Dwight iba de visita... bueno, la cosa se pondría muy fea.

Así que se aseguró de que Dasia y Gabe estuvieran seguros en el clóset. Eso era todo lo que podía hacer.

Al ver el parque de Wynwood Heights aparecer a su izquierda, Quan se alza un extremo de la camiseta para limpiarse la cara. Es la cuarta vez que lo hace, así que ahora la camiseta está mojada. Se pregunta si le quedará algún tramo seco para cuando consiga contener las lágrimas. Lo bueno es que no hay nadie por ahí que pueda verlo. Si lo hubiera, nunca más dejarían de recordarle que lo vieron llorar.

Salta en puntas de pies al pisar el suelo mullido de la nueva zona de juegos. Un letrero dice que son llantas viejas molidas, que los juegos están hechos de "botellas de agua y otros plásticos reciclados", y que todo el lugar es "verde", pero como señaló Dasia la última vez que mamá los llevó ahí, el que construyó eso no se sabía los colores, porque todo es rojo, amarillo y azul.

Pensar en su desenfadada hermanita le agolpa nuevas lágrimas en los ojos.

Quan va directo hacia el cohete espacial. Está en un rincón, separado de todo lo demás, con la punta hacia el cielo, como si fuera a despegar en cualquier instante. Dentro de su base cilíndrica hay botones que apretar y perillas que girar y una escalera que lleva a una "plataforma de observación" con una ventanita. Ese es su lugar favorito en el mundo, pero nunca se lo diría a nadie.

Al entrar, se siente tan aliviado que se desploma contra la pared redondeada y deja su cuerpo deslizarse hasta el suelo como helado de chocolate por un cono en un cálido día de verano. Echa la cabeza para atrás, cierra los ojos y deja correr las lágrimas.

Pero entonces algo suena encima de él. Un tosido.

La luz de la luna a través de la ventana del observatorio hace que la cara del niño que lo está mirando se vea medio fantasmal. De hecho, cuanto más tiempo se le queda mirando sin decir palabra, más se pregunta Quan si de verdad será un fantasma.

—Eh… ¿hola?

El niño no le contesta.

Ahora Quan empieza a asustarse, y eso lo enoja. Se supone que ese es el único lugar en el mundo en el que se puede *relajar*. Donde no tiene que cuidarse de nadie ni ser demasiado precavido. Donde puede cerrar los ojos y contar del diez al cero e imaginar que despega hacia el espacio, muy, muy lejos de todos y de todo.

—Ey, ¿qué me ves? —escupe Quan, cada palabra afilada y sumergida en el veneno de su ira.

—Ah, eh…

El otro niño deja caer la mirada hacia sus manos. Juguetea con la piel en sus pulgares. Algo que Quan hace a veces cuando le gritan.

—Hmmm —murmura Quan.

El niño habla al fin:

—Perdón. Es que… no esperaba que alguien más viniera aquí.

—Ah.

Los niños se quedan callados un momento y luego:

—Me llamo Justyce, por cierto.

Justyce. A Quan le suena el nombre…

—¿Eres el cerebrito del anuncio matutino en la escuela? ¿El que ganó un concurso o algo así?

Una vez más, Justyce no contesta.

—¿Me escuchaste? —dice Quan.

—¿Te vas a burlar de mí?

—¿Qué?

Entonces Justyce se asoma por la ventana. Quan se pregunta qué estará viendo.

—Ojalá no hubieran hecho ese anuncio. Ganar un concurso académico no es *cool*. Todo el mundo se burla de mí.

Quan se encoge de hombros.

—Tal vez tengan celos porque nunca han ganado nada.

El silencio los envuelve de nuevo, pero ya no es tan incómodo. De hecho, cuanto más tiempo pasa Quan con Justyce allá arriba, mejor se siente. Es bueno no estar *completamente* solo. Lo que le hace preguntarse…

—Estás en quinto, ¿no? ¿No te van a regañar por estar en la calle tan tarde?

—Claro que sí —dice Justyce.

Quan se ríe.

—Me escapé —prosigue Justyce—, pero no es la primera vez y seguro que no va a ser la última. Creo que mi mamá sabe que siempre voy a regresar.

—Ojalá *yo* no tuviera que regresar… —se le sale a Quan, y al principio se arrepiente. Pero entonces se da cuenta de que siente el pecho un poquito más suelto. Una vez, en casa de papá, vio una peli sobre un barco enorme que chocó con un iceberg y se hundió, y había una escena en la que a la protagonista la envolvían con algo por la panza y luego la amarraban por detrás como un zapato. Después le dijeron que se llamaba "corsé", y eso es lo que le viene a la mente al pensar en su vida.

—El novio de mi mamá es un imbécil —continúa. El corsé se suelta un poco más—. Es el papá de mis hermanos menores, así que medio entiendo por qué mi mamá lo aguanta… —Un poco más—. Pero lo odio. Cada vez que viene, trae rabia y se desquita con mi mamá.

—Me suena familiar —dice Justyce.

—Yo me quiero quedar por mis hermanos, pero… espera.

Quan voltea a ver a Justyce, que tiene la barbilla recargada en una mano.

Todo ojos (y oídos) en él.

—¿Qué dijiste? —pregunta Quan.

—¿Eh?

—Ahorita mismo.

—Ah. Dije que me suena familiar.

—¿De qué hablas?

Justyce suspira.

—Mi papá estaba en el ejército y se fue a Afganistán. Desde que regresó ha estado… distinto. Bebe mucho y a veces tiene "episodios". Así les dice mi mamá. De la nada empieza a gritar y a aventar cosas. —Ahora Justyce ya no mira a Quan—. A veces le pega.

Justyce se seca los ojos. Quan se levanta.

—¿Alguna vez has venido acá de día?

—Ocasionalmente —solloza Justyce—. Perdón por llorar.

—No pasa nada, viejo. Ya entiendo por qué te ganaste esa cosa académica.

—¿Eh?

—¿Quién dice "ocasionalmente" en quinto? —Quan niega con la cabeza—. Voy a mi casa a ver cómo están mis hermanos. Tú deberías ir a ver a tu mamá.

Los niños cruzan miradas y se entienden.

—Nos vemos.

Quan se agacha para salir por el arco de la entrada del cohete. Casi llega al borde del piso de caucho de los juegos cuando…

—¡Oye! ¡Espera!

Quan se gira y descubre que Justyce va hacia él.

—No me dijiste cómo te llamas —dice Justyce, jadeando. Quan sonríe.

—Vernell LaQuan Banks Jr. —responde, alzando una mano—. Llámame Quan.

—Encantado de conocerte, Quan —dice Justyce chocando la mano contra la de Quan y enganchando los dedos—. Incluso… eh… a pesar de las circunstancias.

Quan se ríe.

—Tienes diez años, viejo. Relájate.

—Perdón.

—Para nada. —Quan mete los puños en los bolsillos. Ha bajado la temperatura—. Un gusto conocerte también, Justyce.

Quan da media vuelta sobre el talón de sus Jordans gastados y regresa a casa.

1

Perdido

Vernell LaQuan Banks Jr. recuerda la noche en que todo cambió. Se había quedado dormido en el sofá de cuero de la sala de papá mientras veía *Lemony Snicket: Una serie de eventos desafortunados* (la película), y estaba soñando con el conde Olaf —que se había bronceado, al parecer, y se veía sospechosamente parecido al "novio" de su mamá, Dwight—, que caía en un pozo de víboras amarillas gigantes como el del reptilario de Montgomery Montgomery. Prometía vengarse a gritos mientras se hundía en esas arenas movedizas llenas de escamas y siseos.

Quan está bastante seguro de que sonreía al dormir.

Pero entonces hubo un **PUM** que lo espantó tanto que se despertó de un brinco y se cayó al piso.

Lo que acabó siendo bueno.

De repente, más policías de los que podía contar estaban inundando la casa, armas en mano.

Él se quedó tirado. Escondido.

No se habría podido levantar de intentarlo, así de espantado estaba.

Escuchó una conmoción encima de su cabeza, en el cuarto de papá.

Muchos golpes. Azotes. Un grito (¿de papá?). Gritos ahogados.

¡Al piso! Arriba las manos...

¡Ay, viejo! No tan apretado, ¿me quieres romper el brazo?

Zas. *¡PAF!*

Las paredes temblaban.

¿Se iba a caer el techo?

Entonces el tumulto pasó a la izquierda. Oyó la puerta de papá azotarse contra el muro y luego algo que sonaba como ocho toneladas de ladrillos gigantes rodando por las escaleras.

¡Más lento, viejo! Maldición...

¡Cierra el hocico!

Quan cerró los ojos.

¡Tranquilo, viejo! No me estoy resis...

Quan sintió un dolor agudo en el hombro cuando le torcieron el brazo en una dirección en la que estaba seguro que no debía ir. Un brazo grueso le rodeó el torso tan fuerte que le sacó el aire... o quizá fue porque su cuerpo se separó del piso a gran velocidad.

Ni siquiera podía gritar. Al recordarlo, *eso* era lo más aterrador de todo. Que ya no tenía voz. Que no podía gritar. Que había perdido el control de su cuerpo y de su entorno y ni siquiera podía hacer ruido para que el mundo supiera que la estaba pasando mal.

Así se siente ahora, al despertar sobresaltado en su celda en el Centro Regional de Detención Juvenil Fulton, sin poder respirar.

Quan trata de inhalar. Y no puede. Es como si ese policía todavía lo tuviera agarrado y lo apretara demasiado fuerte. Sin espacio para expandir los pulmones.

No puede.

Respirar.

La oscuridad es tan densa que siente que se ahoga en ella. Quizá sea verdad. Quizá Quan no pueda respirar porque las tinieblas se solidificaron. Se volvieron viscosas, densas, pegajosas y pesadas. Eso también explicaría por qué no puede alzar los brazos ni bajar las piernas de su dizque "cama" de cartón con algodón, que hace que le duelan el cuello y la espalda todas las noches.

Lo que daría por estar de vuelta en su nubecita personal *queen size* de *memory foam*, con cobijas de franela suavecitas, en su cuarto en casa de papá. Si se va a morir en una cama —porque está seguro de que se está muriendo—, ojalá fuera en *esa* cama en vez de esta.

Cierra los ojos y más pedazos de aquella noche lo asaltan:

papá gritando

¡No lastimen a mi hijo!

antes de que lo sacaran a empujones.

El ruido del vidrio al romperse cuando el vaso medio lleno de *ginger ale* que Quan había dejado en la barra cayó al piso. Lo golpeó con el pie mientras el oficial que le aplastaba las costillas con su estúpido brazo musculoso lo cargaba por la cocina como si fuera un muñeco de trapo.

El repentino aire helado cuando lo sacaron a la calle en su piyama de Iron Man, sin abrigo ni zapatos... y luego el extraño calor que le corrió por las piernas Al. Ver. Cuántas.

Patrullas.

Había.

Afuera.

Perros ladrando, luchando contra sus correas. Un helicóptero dando vueltas arriba, su luz constante sobre el grupo de hombres que arrastraban a papá hacia el grupo de vehículos estacionados en desorden y bloqueando la calle.

Quan había contado seis cuando sus ojos llegaron a la camioneta en la que *cinco* oficiales estaban embutiendo a su papá.

Embutiendo, porque papá no dejaba de intentar asomarse por encima del hombro para ver qué le pasaba a Quan. Gritaba:

¡Todo va a estar bien, Junior!

¡Métete a la camioneta!

¡Todo va a es...

Uno de los oficiales le soltó un codazo en la nuca a papá. Quan vio cómo su cuerpo se desvanecía.

Entonces fue cuando Quan empezó

A gritar.

Dos de los oficiales se subieron a la parte trasera de la camioneta y arrastraron el cuerpo de papá adentro, como Quan lo había visto a él arrastrar los costales gigantes de arena que había comprado para el cajón de arena que construyó en el jardín cuando Quan era más chico.

A patalear.

¡Basta, mocoso!

Espera… ¿estás *mojado*?

Pusieron a papá bocarriba y uno de los oficiales se hincó junto a él y le puso dos dedos bajo la mandíbula. Le hizo una seña con la cabeza al otro, que entonces se bajó de la camioneta y cerró las puertas.

A agitarse.

A gritar.

A patalear.

Las luces traseras de la camioneta se encendieron de rojo y Quan quiso que todo *PARARA*. Estaba sollozando y retorciéndose, y el oficial que lo cargaba lo apretó más fuerte y le inmovilizó los brazos.

Cuando la camioneta arrancó, Quan gritó tan fuerte que estaba seguro de que su mamá alcanzaba a oírlo a unas veinte millas de distancia. Lo oiría e iría por él y detendría la camioneta y sacaría a papá de ahí y salvaría a Quan. Todos esos monstruos robapapás vestidos de azul y esos coches de luces azules desaparecerían *¡PUF!* y todo volvería a la normalidad.

Mejor aún: mamá llegaría con Dwight, el Olaf negro, y lo metería a *él* en la camioneta en vez de a papá. Y lo encerrarían a *él* en una celda llena de víboras y tirarían la llave.

Quan gritó hasta que se le acabaron los gritos. Luego inhaló. Y gritó un poco más.

Su propia voz era lo único que oía hasta que…

—¡Oiga! ¡Baje a ese muchacho pero ya! ¡¿Está loco o qué?!

Entonces, el oficial que lo sostenía dijo:

¡Au! ¡Oiga!

Y

¡Oiga! ¡Deténgase!

Y

Señora, está agrediendo a un oficial de policía…

—Dije que lo *BAJE*. ¡Ahora!

Señora, no pue…

¡Está bien! ¡Está bien!

La fuerza sobre el cuerpo de Quan se aflojó. Sus pies tocaron el suelo del porche justo cuando una mano arrugada le rodeó el bíceps y un brazo delgado le abrazó la espalda, con un papel en la mano.

—Vente conmigo, Junior —dijo una voz familiar.

No se puede ir con usted, señora. Hasta nuevo aviso, está bajo tutela del Estado…

—¡De ninguna manera! Pueden llamar a su mamá para que venga por él, pero, hasta que llegue, se va a quedar en *mi* casa. —La mujer le restregó la hoja de papel en la cara—. ¿Ve esto? Es un documento *legalmente vinculante*. Léalo en voz alta.

Señora…

—¡Dije que lo lea!

¡Ok, ok!

(El oficial le lanzó una mirada a Quan antes de empezar. Luego suspiró).

"En caso de arresto del señor Vernell LaQuan Banks Sr., la señora Edna Pavlostathis es nombrada tutora temporal de Vernell LaQuan Banks Jr. hasta...".

Eso era todo lo que Quan necesitaba oír (¿papá *sabía* que lo iban a alejar de su hijo en medio de la noche?).

—Ven, cariño —dijo la voz, y mientras alejaba a Quan del tornado de azul (luces, coches, uniformes, ojos) que había desgarrado todo lo que creía normal, todo cobró sentido.

La señora Pavlostathis. La viejita torbellino que vivía en la casa de al lado.

—Vamos adentro y luego voy a casa de tu papá para agarrar una muda limpia y que te puedas cambiar. Cómo se atreven estos dizque *oficiales* a tratarte así. La *audacia* de esos blancos...

Su voz se fue apagando. O al menos eso le pareció a Quan. No logra recordar que dijera nada más. Sí recuerda haber pensado que, en otras circunstancias, esa última declaración le habría sacado una sonrisa. Conocía a la señora Pavlostathis desde los siete años: tenía casi ochenta años y era su niñera cuando papá tenía que hacer "salidas de emergencia" los fines de semana que pasaba en su casa. A pesar de su tono de piel, la señora P le decía a todo el mundo que ella era *griega*, no blanca.

También era clienta de papá ("Un poquito de *ganja* es bueno para mi glaucoma, Junior") y, Quan empezó a notar con los años, la única vecina que no lo miraba raro —o evitaba mirarlo en absoluto— cuando Quan jugaba afuera o cuando él y papá recorrían el vecindario en su BMW.

Eso era algo que siempre hacía refunfuñar a mamá cuando conducía cuarenta minutos hasta los suburbios para dejarlo con papá. "No sé por qué tu papá quiere vivir acá con todos estos blancos. Un día le van a echar a la policía y se le va a caer el teatrito…".

Mientras acompañaba a la señora P a su casa, Quan se preguntó si la predicción de mamá se estaba volviendo realidad.

Y en ese instante: odió a su mamá.

Por haber dicho eso. Por desearle lo peor a papá.

Por quedarse con el tonto de Dwight.

Por aguantarle sus gracias.

Por trabajar tanto.

Por no estar nunca.

Sobre todo en ese instante.

—Te voy a poner un baño de sales —dijo la señora P al entrar a su casa, y un calor fragante lo envolvió como el abrazo de un palito de incienso—. Ya sé que ya no eres un niñito, pero te va a hacer bien. Acabo de hacer unos dolmas y tengo de esas aceitunas que te gustan en el refrigerador, las que tienen el feta cremoso dentro. Llénate la panza con algo. Seguro que te estás muriendo de hambre.

En realidad, comer era lo último que tenía en mente Quan… pero no había manera de decirle que no a la señora P. Así que hizo lo que le ordenaba. Se zampó sus famosos dolmas (según ella): una mezcla de arroz cremoso con un toque de limón y carne molida de cordero enrollada en una hoja de parra. Luego se comió su propio peso en aceitunas gigantes rellenas de feta.

Y cuando estuvo listo el baño de sales, se desnudó y se metió a la elegante tina de patas de garra del baño de visitas de la señora P.

Quan cerró los ojos.

Las luces de las sirenas y el cuerpo desplomado de papá aparecieron detrás de ellos.

Las puertas de la camioneta cerrándose.

Las luces traseras desapareciendo.

¿Iban a meter a papá a la cárcel?

¿Por cuánto tiempo?

¿Qué iba a pasar ahora?

Quan no estaba seguro de querer averiguarlo.

Así que se hundió.

Al principio fue fácil, contener la respiración y dejar que el agua lo envolviera por completo. Hasta se sentía bien.

Pero entonces empezaron a arderle los pulmones. Imágenes de Dasia y Gabe aparecieron en su mente. Recordó haberle dicho a Gabe que le enseñaría a jugar Uno cuando regresara de casa de papá. El chiquito ya tenía cuatro años y estaba listo para aprender.

Le dio vueltas la cabeza.

Dasia lo estaría esperando para que le pintara las uñas de morado. Era el premio que le había prometido si sacaba todas buenas en su examen de ortografía. Y lo logró.

Quan sentía el pecho a punto de explotar y todo en su cabeza se ponía blanco.

Y mamá…

Dwight…

El aire le salió de la nariz con tanta fuerza que juró que lo había hecho brincar fuera del agua. Cuando sus sentidos volvieron a la normalidad, oyó el agua golpear las baldosas y volvió a reconocer el baño de la casa de la señora P.

Respiró.

Bueno, más bien el aire lo respiró a él. Le inundó los pulmones para arrastrarlo de vuelta del punto de No Retorno.

Es el mismo tipo de respiración que está sintiendo ahora.

Aquí.

En su celda.

Y mientras el oxígeno —un poco rancio por las paredes de hormigón y trazas de hierro— recorre su garganta y le sacude el peso invisible de encima, Quan lo ve con claridad:

No morirá ahora como no murió entonces.

Puede respirar.

12 de enero

Querido Justyce:

Mira, no te voy a mentir: esto está bien raro. ¿No le escribo cartas a mi mamá, pero te escribo a ti?

Mmm.

(Espera, ¿se vale escribir eso? No estoy texteando...).

(¿Ves? Raro).

(Más te vale que no le cuentes a nadie que te escribí).

En fin, anoche soñé algo y al despertar, lo primero que vi fue el cuaderno ese que me diste con todas las cartas a Martin Luther King.

Nota: Aprecio mucho que hayas venido a ver a tu brother antes de regresarte a esa uni de ricos a la que vas. Cerebrito. Pero en serio, me gustó verte. Eh... me hizo mucho bien. Acá uno se siente muy solo y no me llegan muchas visitas, así que venir por acá fue... pues fue lindo de tu parte, bro.

Pero, bueno, te estaba diciendo del cuaderno. Primero pensé que era una farsa (conque "ESOS" negros, ¿eh?), pero mientras más leía, más interesante se ponía. Había un montón de cosas ahí sobre Manny —¡mi propio primo!— que yo no sabía porque en realidad no lo conocía, así de conocerlo de verdad. Eso estuvo bien loco.

¡Y Tú! Viejo, tenemos más en común de lo que creía.

Hubo una carta en ese cuaderno que me hizo querer escribirte esto. No estoy seguro de qué pasó (mencionas que te portaste "mal"), pero escribiste esto: "A esos imbéciles no parece importarles ser ofensivos, así que, ¿por qué rayos debería preocuparme por ser amable?".

No sé por qué, pero me pegó duro.

Nunca le he contado a nadie de la noche en que arrestaron a mi papá. Fue un par de años después de que nos conociéramos en el cohete. Tenía once años. Los policías tiraron la puerta a patadas a media noche, como si fueran dueños de la casa y... se lo llevaron, así nomás.

Y no lo he vuelto a ver. Le dieron 25 años de cárcel.

Solo una vez más en mi vida he estado tan asustado, J. Todo pasó tan rápido que no supe qué hacer. Creo que, en el fondo, yo sabía que se lo iban a llevar por un buen rato: era muy consciente de su "profesión" y, aunque estaba seguro de que los policías no iban a encontrar nada de contrabando en su casa (tenía mucho cuidado con eso), no solo vendía hierba, y la red era grande, así que solo era cuestión de tiempo.

Pero lo extraño.

Sueño mucho con esa noche. Anoche me pasó, de hecho. Y cuando despierto y miro la fecha, veo que hoy se cumplen seis años.

Me pegó más fuerte de lo normal. Tal vez porque significa que yo también llevo ya casi 16 meses acá dentro. Nunca me había tocado tanto tiempo y ni siquiera tengo fecha de juicio. Me esfuerzo por pasarla tranqui: sin pensar en dónde estoy ni qué se siente estar acá. Pero hoy no pude evitar notar lo mala que es la comida, lo pesadas que son esas puertas gigantes de hierro y que todos acá dentro se ven... derrotados, supongo, aunque algunos anden diciendo que van a salir.

No dejo de pensar: ¿Qué diría mi papá si pudiera verme? ¿Qué tan decepcionado estaría?

Cierto, lo que él hacía para ganarse la vida no era precisamente "reglamentario", como decía. Pero si había algo que estaba decidido a NO dejar que pasara era que yo acabara como él. Y hablamos de un tipo que me dejaba en la biblioteca cuando tenía que ir a hacer sus tratos (la bibliotecaria en jefe tenía mucha ansiedad y era clienta de papá, así que me cuidaba bien). No le digas a nadie, pero me zampaba los de los "Eventos desafortunados" de Lemony Snicket como si fueran Skittles. ¿Los has leído? Están bien fuertes. Ojalá tuviera mi colección acá.

En fin, todo fue por él. Vernell LaQuan Banks Sr. Por él me hicieron la prueba para Alumnos de Aprendizaje Acelerado y acabé en esa clase de Matemática Avanzada contigo.

Él quería que hiciera cosas buenas. Que llegara lejos.

Pero luego... se fue.

(Perdón por ponerme todo sentimental, pero como dije: más te vale que no le cuentes a nadie que te escribí esto. O que leía libros sobre niños ricos blancos).

La noche en que lo arrestaron todo acabó patas arriba. Yo sabía que se iba a poner feo porque mi papá era la cinta adhesiva que evitaba que esta mierda de vida se desfundara. Nos mantenía juntos y le pasaba dinero a mi mamá, y él era la verdadera razón por la que yo no me metía en problemas. En cuanto esa camioneta se fue con él dentro, me sentí... perdido.

Por eso dejé de hablarte. A todos, pero sobre todo a ti. Nunca hubiera admitido esto (la verdad, no sé por qué lo estoy admitiendo...) pero como que te admiraba. Sí, nomás me llevabas un año y eras un nerd, pero lo tenías todo claro y yo quería ser así.

Sabía que si pudiera ser como tú, mi papá se sentiría orgulloso.

Al ver lo que escribiste en esa carta luego de quién-sabe-qué-te-puso-así... no sé, viejo. Si Tú te sentías así, tal vez todo lo que mi papá trataba de empujarme a hacer no tenía sentido.

Pero, bueno, ya no importa. Seguro me van a dar MUCHOS más años que a él.

Qué importa.

Ni siquiera sé si te voy a mandar esto. Tal vez debería. Más te vale que contestes, ¿eh? Porque si no, nunca te voy a escribir de nuevo.

Acá me tienes enseñándote mi corazoncito y todo.

Mmm.

(¡Aquí voy de nuevo!).

Nos vemos,

~~Vernell LaQuan Banks Jr.~~ QUAN

P. D. Sé que ya conocías mi nombre oficial, pero ni se te ocurra llamarme así.

P. D. D. (¿o es P. P. D.? Oye, ¿conoces la canción esa de "O. P. P."? Me encanta): RECUERDA: ¡No le cuentes a NADIE que te escribí esto!

2

Cuesta abajo

No es que Quan no hubiera tratado de mantener su vida a flote. De verdad lo intentó.

Sí, como que se ensimismó un poco. No hablaba ni interactuaba tanto con la gente. Pero eso era porque estaba tratando de mantenerse enfocado.

Esa era la única manera en que sabía afrontar las cosas malas: controlar lo que podía controlar e ignorar lo demás. Así que, durante un tiempo, hizo su tarea. Mantuvo en orden el cuarto que compartía con Gabe… aunque compartir espacio con un niñito implicara limpiar a diario. Jugaba Conecta 4 con Dasia. Los llevaba al parque lo más seguido posible. Y ahí también trabajaba: mantenía el cohete limpio. Sabía que algunas de las cosas que encontraba ahí adentro sugerían actividades no tan apropiadas para el parque, pero se esforzaba por garantizar que al menos *esa* parte de los juegos siguiera siendo apta para niños.

Los fines de semana que antes pasaba en casa de papá los pasaba con la nariz hundida en libros. Sin importar hacia dónde divagara, siempre volvía a *Una serie de eventos desafortunados.* Ver a esos niños escapar por un pelo una y otra vez le ayudaba a mantenerse a flote aunque todo a su alrededor pareciera desplomarse.

Porque todo.

Parecía desplomarse.

Se desplomaba cuesta abajo como Jack y Jill.

Poco después del arresto de papá, Dwight se mudó con ellos. Quan sabía que iba a pasar tarde o temprano: la única razón por la que no vivía con ellos ya era porque papá le dijo a mamá que dejaría de darle dinero si

dejas que ese mierda ocupe el mismo espacio que

mi hijo.

Pero ahora que no estaba papá, andaban cortos de dinero. Y el muy Olaf de Dwight se aprovechó. Le dijo a mamá que ayudaría con los gastos...

Pero solo si no tengo que pagar

mi propia renta.

(Quan oyó a escondidas toda la conversación. Cuando acabó, se bajó de su escondite, en la repisa alta del armario donde mamá guardaba los edredones extras, y se fue directo a su cohete. Sacó de una patada la jeringa que encontró en la entrada aunque sabía que un niñito podría encontrarla).

(Usó una bolsa de Takis para recogerla y echarla al bote de basura un rato después).

Aunque tuviera doce años, Quan se daba cuenta de que los hombres en la vida de su mamá —papá incluido— usaban el dinero para obligarla a hacer lo que ellos querían. Le molestaba muchísimo. Pero no sabía muy bien qué hacer con eso.

Y eso se convirtió en una constante: no saber qué hacer con nada.

Así que se mantuvo enfocado.

Las noches en que Dwight regresaba "a casa" ahogado —y rompiendo todo—, Quan se mantenía enfocado.

Las mañanas en que se despertaba para encontrar el cuarto de mamá cerrado con llave, pero con una nota que decía: "Viste a Dasia y Gabe, dales de comer y móntalos en el autobús", porque no se sentía "tan bien", Quan se mantenía enfocado.

Cuando la luz le daba en la cara a mamá y alcanzaba a ver los moretones bajo todas las capas de maquillaje, Quan se mantenía enfocado.

Y funcionaba. Mamá era un desastre, pero Dasia y Gabe estaban bien. A pesar de que su papá fuera un tiradero de basura humano, se reían y sonreían y les iba bien en la escuela…

Gracias a que Quan se mantenía enfocado.

Quan también estaba arrasando en la escuela y ganando prestigio. Porque a pesar de la ausencia de papá, estaba decidido (quizá incluso *más* que antes) a hacer que se sintiera orgulloso de él. A convertirse en el tipo decente que papá quería que fuera. Hasta pensó dedicarse al fútbol americano al llegar a noveno grado.

Papá había jugado en la prepa y hasta le habían ofrecido una beca para la uni, pero entonces mamá se embarazó y Vernell Sr. decidió quedarse a cuidar al hijo que había ayudado a crear.

"A diferencia de mi papá", le dijo una vez a Quan. ¿Qué mejor manera de pagarle todo a papá que lograr el sueño que él no había conseguido vivir… por culpa de Quan?

Así que se mantuvo enfocado.

Pero entonces llegó el Examen de Mates.

Había pasado poco más de un año desde el arresto de papá. Quan era el único alumno de séptimo en la clase de Álgebra I para Matemática Avanzada y tenía que admitirlo: sí era un desafío tremendo. Tenía B altas en promedio, pero estaba decidido a sacar mejores notas.

Una semana antes del Examen de Mates, la señora Mays, su maestra favorita del planeta, tomó una licencia por maternidad (Quan aún no perdona a ese maldito bebé por quitársela en un momento tan crucial de su vida).

Antes de irse, le pidió a Quan que se quedara después de clase y le dijo que creía mucho en él. Que no podía esperar a enterarse de lo bien que le había ido en el examen. Que sabía que le estaba costando trabajo el material, pero "yo sé que *tú* no vas a dejar que esto te supere. *Tú*, Quan Banks, les vas a enseñar a esas letras y esos números quién manda, ¿verdad?".

Y sonrió.

Aunque lo hiciera sentirse como un niño chiquito, Quan asintió. Porque cuando lo miraba así, como si él fuera capaz de *lo que sea*, Quan quería demostrarle que tenía razón.

Así lo había mirado también papá cuando le mostró el 100% que se sacó en su examen de contracciones en primer grado.

Extrañaba a su papá.

Quan quería —*tenía* que— sacar todas buenas en ese maldito examen de álgebra.

Así que estudió. Mucho.

Más que nunca en su vida.

¿Y saben qué pasó?

98%

Quan casi se vuelve LOCO, estaba emocionadísimo.

Pasó el resto del día flotando en su nube. Esperando el momento de enseñarle el examen a mamá. El orgullo que vería en su cara. Se lo enseñaría a Dasia y Gabe y les diría que representaba lo que podía suceder si trabajaban muy duro y se esforzaban mucho. Luego le escribiría una carta a papá y la metería en un sobre (con el examen) y la mandaría a la dirección que su abogado le había dado a mamá cuando pasó de visita unas noches atrás.

Sí, esa visita sorpresa había enojado *de verdad* a Dwight…

¡De por sí el malandro de tu hijo ya me lo recuerda, así que dile al abogado de ese tipo que no se vuelva a aparecer por aquí!

… pero mandarle el Examen de Mates a papá haría que todo hubiera valido la pena.

En cuanto se bajó del autobús, Quan se echó a correr. Quería llegar a casa lo antes posible. Sabía que mamá estaría en casa. No salía de ahí cuando su cuerpo portaba evidencia visible de los "problemas de ira" de Dwight, y cuando Quan salió por la mañana, traía la muñeca en un cabestrillo y casi no podía abrir la mano.

El examen también le subiría los ánimos a mamá. Quan estaba seguro de eso. Ver lo que él había logrado le daría esperanza en el futuro. En que algún día sería capaz de proveer para ella, Dasia y Gabe.

Al entrar a la casa, mamá lo estaba esperando.

—Ma, no me lo vas a creer…

—¡Pues claro que no!

Un hueco diminuto se formó en el globo de felicidad de Quan cuando su mente arrancó motores, tratando de averiguar por qué estaba enojada. ¿Había dejado la luz del baño prendida otra vez? A veces, sin querer, hacía eso por las mañanas cuando tenía que preparar a sus hermanos —y prepararse él mismo— para ir a la escuela y salir de casa a tiempo. El autobús de sus hermanos pasaba trece minutos antes que el suyo, así que era mucho trabajo.

Pero sí había recordado apagarla.

Tampoco había puesto la leche en la puerta del refri, algo que a Dwight le enojaba mucho. Y se había asegurado de que todos sus calcetines estuvieran *dentro* del cesto de la ropa sucia.

¿Entonces qué?

—Estoy muy decepcionada, Junior —continuó mamá, furiosa—. ¿Qué excusa tienes? ¿Creíste que no me iban a hablar?

—Mamá, no sé…

—Tuviste examen de álgebra ayer, ¿no? ¿Y te dieron los resultados hoy?

¡La cosa mejoraba! Quan se irguió.

—Sí, señora, lo hice ayer y…

—¡Hiciste trampa!

El golpe le cayó de sorpresa.

—¿Qué?

—¡Ya me oíste! Me habló tu profesor. ¡Me dijo que hiciste trampa en el examen!

—¡Yo no hice trampa, Ma!

—¡No me vengas con cuentos, Junior! ¡Tu profe me dijo que te *vio* mirando el examen de un compañero!

Y, pues… Quan no lo podía negar. Hubo un punto en el que alzó la vista para encontrarse con la mirada fulminante de un fortachón blanco y sin cuello, que parecía más a gusto levantando pesas que resolviendo ecuaciones. Pero el profe sustituto había entendido todo al revés. En realidad, su compañero era el que estaba tratando de copiarle a él. Era un chico de octavo, Antwan Taylor. El tipo le preguntó a susurros qué había puesto en la seis y levantó su examen para que Quan viera su respuesta (incorrecta).

—¡De verdad que no hice trampa, Ma! ¡Te lo juro!

—Déjame ver ese examen —contestó.

Quan lo sacó de su mochila. Se lo dio.

—98 %, ¿eh? —Lo miró directo a los ojos—. ¿De verdad quieres que crea que no hiciste trampa, LaQuan?

Quan no podía creer lo que oía.

—¿Lo dices *en serio*?

—Nunca me has traído nada más alto que un 87 %. ¿Y quieres que me trague tu mejora repentina con todo y envoltura?

—Estudié…

—Sí. El examen de tu vecino.

—¡El MATERIAL, Ma! ¡Estudié el MATERIAL!

—Te dieron dos días de suspensión en la escuela. Y tienes que repetir el examen.

—¡Pero no hice trampa, Ma!

—Sí, y yo me caí por las escaleras —dijo alzando el brazo lastimado, y eso le arrancó todos los argumentos de la garganta.

Quan cerró la boca. Y apretó la mandíbula para no volver a abrirla.

—Si me vuelvo a enterar de que hiciste trampa, te me olvidas del fútbol americano en el que estás metido últimamente. Te me quedas *encerrado*, ¿me oíste?

Quan rechinó los dientes tan fuerte que pensó que se le iban a romper.

—Dije que SI ME OÍSTE, LaQuan.

Quan tragó saliva.

—Sí, señora.

—Lárgate de aquí y ponte a "estudiar" de verdad.

Quan se giró para ir a su cuarto, pero las siguientes palabras de su mamá fueron como flechas contra su espalda:

—Y *ni creas* que tu padre no se va a enterar. Hasta le voy a mandar la evidencia de tu indiscreción. —Quan oyó el papel crujir mientras lo agitaba en el aire—. *Trampa*. No me lo creo…

Y eso fue lo último que oyó. Porque en ese instante todo le quedó claro a Vernell LaQuan Banks Jr.

No importaba qué hiciera.

Mantenerse enfocado no le daba nada de control.

Imagen:

Un niño solo en
una biblioteca
(2012)

Descubrir que su bibliotecaria favorita ya no está en esa sede —que se jubiló— es lo que lo lleva al límite. Su último refugio (relativamente) seguro desapareció.

Y sabe que desapareció porque la señora que está sentada en el mostrador principal lo miró raro al entrar y otra señora ha pasado tres veces por el castillo de cartón en la sección infantil donde Quan está ensimismado con *Eventos desafortunados #13 —El fin—* desde que empezó a leer el capítulo cuatro.

Y… ¿por qué? ¿Cree que se va a robar unos malditos *libros de biblioteca*? ¿Que los va a meter en bolsas Ziploc y venderlos en su casillero de la secundaria a diez dólares cada uno o qué? "¡Llévele, llévele! ¡Su literatura de a diez aquí!".

Pasa una página.

Este no es un lugar acogedor. Ya no.

Es un asco.

Quan cierra el libro y agarra su mochila.

Sale sin mirar atrás.

Al menos ahora pueden mirarlo feo *por algo*:

Dejó el libro en el piso en vez de ponerlo en el carrito de libros ya leídos.

8 de febrero

Querido Justyce:

Antes que nada: oye, gracias por las novelas gráficas que me mandaste. Ahora soy el más *cool* del pabellón. A todos les gustaron, especialmente la de Iron Man. Y la del Batman y el Robin negros también fue un *hit*.

También me llegó tu otro "regalo". Hermano, ¿quién le manda un profe a su *homie* encarcelado como si fuera una bolsa de *snacks* de la cafetería? Vas para presidente.

En fin, tengo que admitir algo: tu amigo el Dr. Dray —"Doc", me dijo que le dices (y así le digo ahora también)— es bastante *cool*. Me sacó un poco de quicio las primeras veces que vino, haciendo tantas malditas preguntas y obligándome a pensar en muchas mierdas que no quería pensar (¿quién rayos quiere pensar en todas las maneras como este país de locos "no consigue cumplir con los estándares establecidos en sus documentos fundacionales"? ¡Te juro que esa era una de las preguntas que dejó de tarea!).

Pero hoy vio tu cuaderno de Martin en mi montoncito de cosas y sonrió. Entonces me dijo la verdad: que fue profe tuyo y de Manny, y que tú le hablaste de mí. Que mi otro tutor decidió abandonarme.

Al principio me molestó que le hubieras contado a ese tipo algo que yo te dije en confianza. Pero luego empecé a pensarlo de verdad y decidí escribir esta carta. Para darte las gracias.

Bueno, en parte para eso.

La otra parte tiene que ver con algo que Doc y yo hablamos en nuestra sesión de hoy (y que me dijo que debería escribírtelo).

La última vez que vino, Doc me trajo un libro. Hijo nativo, se llama, y trata de un hombre negro que mata por accidente a una chica blanca y mete su cuerpo en un horno y empieza todo un tejemaneje para intentar inculpar a su novio blanco (está brutal, pero aguanta). Cuando lo descubren, va y le cuenta a SU chica, pero entra en pánico y acaba matándola a ella también.

Lo atrapan, por supuesto, y lo acaban culpando de homicidio y sentenciando a muerte (¡ups! ¡SPOILERS!). Pero lo más loco es que, aunque esté ambientado en los años treinta o por ahí, de verdad sentía que estaba leyendo un libro sobre la ACTUALIDAD.

El tipo tenía un montón de obstáculos que no parecía poder superar sin importar cuánto se esforzara, y era como si caer en la delincuencia, que era lo que todos esperaban de él fuera (medio) inevitable. Ya sé que eso le ha de sonar rarísimo a un ciudadano respetable como tú, pero en serio: a partir de los sistemas en juego —las "instituciones opresivas", como diría mi antiguo mentor, Martel—, la situación de ese *brother* y cómo acabó parecían ser su destino.

(No le digas a nadie que usé la palabra "destino").

Como le dije a Doc hoy, me siento muy identificado con él. Al mirar mi vida —y aunque haya gente, como el fraude de mi exterapeuta, que diga que me invento excusas—, de verdad no veo dónde podría simplemente haber "tomado otras decisiones".

No es que no lo haya intentado. Recuerdo que una vez un profe me acusó de hacer trampa porque me fue bien en un examen. Y mi mamá le creyó a ÉL. También sé que te conté del fiscal que me dijo "criminal de carrera" la segunda vez que me arrestaron. Me había robado uno de los DOS celulares de un blanco. Y solo porque quería venderlo para comprarles zapatos nuevos a mis hermanos, para la escuela.

Releí tu respuesta a mi primera carta, en la que admitías haberte peleado con unos blanquitos en una fiesta, y me hizo preguntarme si tú lo sentiste inevitable. Revisé el cuaderno de Martin y hasta encontré una referencia a mi primazo, que en paz descanse, usando los puños en algún momento. ¿Esos "incidentes" estaban predestinados?

En fin, le conté todo eso a Doc y dijo "Hmmm", y se frotó la barba como todo un académico. Y luego dijo:

—Entonces, tomando todo eso en cuenta, ¿crees que el Gran Thomas (el *brother* del libro) es un asesino?

—Digo, definitivamente asesinó a un par de personas —dije mientras lo pensaba—, pero "asesino" suena muy... malintencionado. Como si fuera algo que el tipo decidió hacer luego de pensárselo muy bien.

Entonces me atrapó, J. Me clavó con sus jodidos ojos verdes y dijo:

—¿Y tú, Quan? ¿Tú eres un asesino?

Eso no se lo pude responder. Parte de mí quería decir de tajo: "No, no soy", pero ahí seguía esa vocecita diciendo: "¿Y si sí eres, LaQuan? ¿Y si es inevitable?".

Y, por supuesto, "inevitable" no es excusa, y las consecuencias (obviamente) siguen siendo las consecuencias, pero como que no sé. Como que todo el asunto me hace sentir mejor sobre esta situación y cómo acabé aquí.

Pero también me hace preguntarme: ¿Cómo le hiciste Tú, Justyce? Todavía recuerdo cuando nos conocimos en el cohete (en MI cohete que Tú invadiste, por cierto). Los dos habíamos salido de casa cuando ya los faroles estaban prendidos porque pasaban cosas con nuestras mamás. Crecimos en la misma zona. Fuimos a la misma primaria y secundaria. Hasta compartimos clases.

¿Por qué acabamos tan distintos?

¿Fueron "solo decisiones", como diría esa terapeuta?

Tal vez esas preguntas ya no tengan sentido, pero es lo que he estado pensando.

Voy a regresar a ese librejo de El mundo de Wakanda que me mandaste. Te voy a decir algo inevitable: estoy bien seguro de que Ayo y Aneka van a acabar juntos.

Espero tu siguiente carta (pero más te vale no decirle a nadie que dije eso).

Échame un grito,

Quan

3

Falta de respeto

Quan tenía hambre la Primera Vez que lo hizo. También Dasia y Gabe.

Había pasado año y medio desde que Dwight se mudó con ellos y mamá no había trabajado en cuatro de esos meses. Decía que la habían corrido, pero Quan no era tonto. Sabía que no podías reportarte "enfermo" diario, porque en algún punto la compañía iba a decidir decirte que mejor te quedaras en tu casa definitivamente.

Además de desquitarse con mamá, el muy COAF había empezado a restringir el acceso al dinero por "faltas de respeto" (COAF: Cabrón de Olaf, como Quan le decía en secreto a Dwight). Todo contaba: no darle la razón en lo que sea (la ofensa más frecuente de mamá); mover algo de donde él lo había dejado (el pecado primordial que Quan no podía evitar luego de años escuchando a mamá machacar aquello de "cada cosa en su lugar" y "¡si lo sacas, lo devuelves!"); y hasta hacer crujir el suelo de la sala mientras Dwight estaba viendo la tele.

Quan odiaba a Dwight con cada fibra de su ser.

Y ya no podía agarrar a Dasia y Gabe y llevárselos de la casa: un día, Dwight decidió que no quería

que mis hijos pasen tanto tiempo con
el Delincuente Junior.

(Claramente, Quan no era el único en casa capaz de poner apodos negativos).

Por supuesto, si Quan desaparecía demasiado tiempo solo, Dwight también sentía que le estaba faltando al respeto. Y así empezó lo que llevó a aquella Primera Vez.

Mamá había solicitado *asistencia* (siempre decía la palabra como tratando de no atragantarse al pronunciarla), y el estado le había dado a la familia una tarjeta de débito especial que podía usarse en las tiendas. "TEB", se llamaba, por "Transferencia Electrónica de Beneficios". Al parecer, en otros tiempos, el sistema incluía papelitos del tamaño de billetes de verdad a los que les decían "vales de despensa".

Pero cometió el error de mandar a Dwight a la tienda con la tarjeta uno de los días en que estaba incapacitada.

Y él se negó a devolvérsela.

Quizá fuera lo más Olaf que había hecho hasta entonces. Era controlador. Taimado. Y, por algo que lo oyó decir ese día...

¡Sé que sabes dónde guardaba sus cosas ese cabrón!

... Quan estaba convencido de que Dwight creía que mamá tenía acceso a una suerte de tesoro lleno de joyas y billetes que había escondido papá.

Quan necesitaba un descanso. De la incomodidad que impregnaba la casa entera como una horrible vibración supersónica. De la recién descubierta madurez de Dasia y la insistencia de Gabe en ser un hermanito-molusco, pegado a Quan siempre que podía. Del agotamiento disfrazado de enojo de mamá. De la existencia…

de Dwight.

Así que le dijo a mamá —quien por primera vez en semanas no se estaba recuperando de un encontronazo con el COAF— que iba a salir.

Y fue a su exlugar favorito en los juegos.

Esquivó la más reciente evidencia de actividad indecente en su cohete (¿al menos no habría bebés ni enfermedades?) y subió al observatorio. Sobre todo para esconderse, por si alguien se molestaba o se burlaba de un chico de casi trece años pasando el rato en la nave espacial de juguete.

Pero luego de meterse ahí, se relajó tanto que se quedó dormido.

Y cuando despertó…

el

sol

se

había

puesto.

Era una noche nublada, así que los faroles —bueno, los que servían— eran su única fuente de iluminación mientras corría a casa. Ojalá se apagaran todos. Ojalá pudiera correr directo hacia una oscuridad tan densa y total que se lo tragara entero.

* * *

Dwight no estaba cuando Quan llegó.

Pero no importaba: el daño ya estaba hecho.

Mamá estaba en el sofá, con los ojos clavados en la tele… lo que no le habría llamado la atención de no ser porque tenía el lado izquierdo de la boca floreado e hinchado y porque traía el brazo izquierdo recostado sobre las piernas como si no lo pudiera usar.

Quan se detuvo bastante lejos de ella. No se le ocurría qué pensar ni qué sentir.

—¿Ma?

No le contestó. Ni siquiera separó la mirada de la tele.

Quan miró hacia abajo.

—Perdón, Ma. Me quedé dormido en los juegos.

Nada.

Quan suspiró y obligó a sus pies a llevarlo a su cuarto, donde *sabía* que iba a encontrar algo que transformaría la culpa que flotaba sobre su cabeza en algo sólido que le caería en los hombros como una capa de plomo.

Y tenía razón.

Sus hermanos estaban en su clóset.

Dasia estaba arrullando a Gabe, que se había quedado dormido. Ella no estaba llorando, pero apenas tres segundos luego de que Quan abriera la puerta, el cuerpecito de Gabe se estremeció con el rezago de lo que se imaginaba había sido una gran sesión de sollozos.

—Genial, ya me puedo ir a mi cuarto —dijo Dasia con una mueca de exasperación mientras se sacudía a Gabe de encima para levantarse.

Quan sabía que no tenía caso preguntarle si estaba bien. Sabía que esa actitud eran sus púas de puercoespín. Su manera de decirle a la gente que

ni

se

le

acercara.

Dasia le clavó su hombro huesudo de ocho años en las costillas al pasar y Quan no dijo nada. Absorbió esa parte de la ira de su hermana y dejó que vibrara sin reaccionar. Sabía que, si escupía el "lo siento" que se le estaba amargando en la boca, ella se iba a chupar los dientes y decir algo así como "A nadie le importa tu disculpita de mierda", y Quan no tenía manera de lidiar con lo mucho que había madurado.

Así que cargó a Gabe —su cuerpecito temblaba con otra serie semiautomática de sollozos—, lo llevó a su cama y se metió en ella con él.

Dwight desapareció más de una semana.

En circunstancias normales, eso habría convertido a Quan en el tipo más feliz de todo el planeta.

Pero el muy COAF se había llevado la tarjeta TEB.

También había logrado encontrar el guardadito que tenía mamá en una de las cajas de zapatos en la repisa superior del clóset. Había dejado un recadito en su lugar:

¿Entonces ahora me escondes cosas?
Ya veremos.

Los primeros días, todo estuvo bien. Tenían panecillos dulces. Seis huevos. Un cuarto de frasco de mantequilla de cacahuate. Dos cenas de microondas y tres pasteles de carne en el congelador.

Al cuarto día, la comida escaseó.

Al quinto, Dasia y Gabe compartieron el último pastel de carne.

(Quan no comió).

Gabe se quejó de que todavía tenía hambre, así que Quan le dio la rebanada de pizza de mierda que había sacado a escondidas de la escuela.

(Quan se quedó con hambre).

Al sexto día, Quan se llevó dos rebanadas a casa.

Cuando Quan le dijo a Dasia que era hora de dormir, ella se instaló en el sofá, encendió la tele y se cruzó de brazos (todavía tenía hambre). Luego Quan metió a Gabe a la cama y salió de la casa.

Caminó seis minutos, hasta una tiendita que sabía que era de un anciano que vivía en el barrio. Había ido allí muchas veces, enviado por mamá con $10 en el bolsillo por un poco de leche o *hot dogs* o mermelada, cuando ya casi se les acababa.

Esa vez no traía dinero en el bolsillo, pero de todos modos entró.

El viejo sonrió y lo saludó con una seña al entrar. Luego se disculpó y fue al baño.

Y le dejó la tienda a sus anchas.

En plena confianza.

En cuanto la puerta de la trastienda se cerró detrás del viejo, Quan tragó saliva.

Miró a la izquierda.

Miró a la derecha.

Luego agarró una hogaza de pan y un frasco de mantequilla de cacahuate, y salió de la tienda.

Su Primera Vez.

Robando.

Dasia lloró mientras mordía el sándwich de mantequilla de cacahuate que le dio Quan luego de despertarla. Se había quedado dormida frente a la tele.

Con los brazos cruzados todavía.

Al séptimo día, el COAF regresó.

Con comida.

Imagen:

Dos niños que no se hablan
(2013)

No es que a Quan no le *caiga* bien su primo Emmanuel.

Es que no tiene idea de qué rayos decirle.

Ocupan universos diferentes, esos dos. A pesar de ser de la misma sangre. La mamá de Emmanuel —perdón: de *Manny*— es la media hermana mayor de la mamá de Quan. Hasta donde entiende Quan, no crecieron juntas. Al parecer, su abuelo era un tanto "casanova", como dijo su mamá, y *ella*, Trish, fue el producto de una de esas conquistas.

El abuelo se quedó con su familia original, alias "la tía Tiff" (Quan nunca le ha dicho así. Nunca le ha dicho nada) y la mamá de Tiff.

Tiff ni siquiera sabía que mamá —Trish— existía hasta que la mamá de Trish murió y el papá de Tiff y Trish tuvo una crisis de conciencia y contó todo.

Una vez, mamá se tomó una copita de más y Tiff llamó para "reportarse". En cuanto mamá colgó, miró a Quan y dijo:

—¿Alguna vez te has preguntado si mi "hermana mayor" —hizo las comillas con los dedos y todo— solo se mantiene en contacto porque se siente culpable de que ella sí tuvo papá de chica y yo no?

Quan no contestó. Tenía ocho años y acababa de regresar de un fin de semana en casa de *su* papá.

En fin.

Manny.

Lo único que sabe Quan es que Manny le lleva un año y no tienen nada en común.

Una vez cruzaron miradas por accidente.

Quan desvió la suya más rápido que la luz.

Ha mirado a todos lados *excepto* a Manny desde que los dos y sus mamás se sentaron a la mesa en ese restaurante presuntuoso. Quan sabe que el lugar es *extra* presuntuoso porque toda la pared del fondo es de vidrio y se alcanza a ver la superficie lisa de un río al otro lado.

Lo más presuntuoso siempre está junto a un río.

—De verdad no tienes que pagar, Tiffany —dice mamá.

—No digas tonterías —es su respuesta. La *tía* Tiff espanta la idea como a un insecto molesto y la luz rebota en la piedra de su anillo de diamantes.

De *sus anillos*.

Porque trae más de uno.

—Hace siglos que no nos vemos, hermanita —continúa Tiff—. Invitarte a almorzar es lo menos que puedo hacer.

Y tiene razón. Es lo menos.

Quan sabe que la tía Tiff y su esposo tienen *montañas* de dinero. Que viven en Oak Ridge, que todo el mundo sabe que es la zona más cara de Atlanta. Que su primo-al-que-no-tiene-nada-que-decirle se bajó del lado del copiloto de un Jaguar que *seguro* tiene calientanalgas en los asientos.

¿Qué diría Manny si supiera que el comentario de mamá sobre que Tiff no tenía por qué pagar era puro cuento? Apenas si tenían comida en *casa*, así que no había manera en el universo de *Quan* de que les alcanzaría para comer en ese restaurante junto al río.

¿Se espantaría su primazo ricachón si supiera de verdad por qué mamá trae un vestido de manga larga y cuello de tortuga que le llega hasta los tobillos, si están a 83° afuera?

Quan sabe que el papá de Manny es un pez gordo de las finanzas. ¿Sabrá Manny que el de Quan está en el bote?

Quan está *seguro* de que se le desorbitarían los ojos a Manny si supiera que a veces se roba cosas. Que apretaría el cuerpo y se le secaría la boca (con sus dientecitos todos blancos, derechos y perfectos) si supiera que, en cuanto Quan vio los diamantes en los dedos y muñecas de la "tía Tiff", su mente empezó a sacar cuentas. A enumerar todo lo que podría comprar para él y sus hermanos con solo *uno* de esos anillos. Quan nunca ha robado joyas ni nada de un valor semejante, pero igual.

Universos diferentes.

Llega la comida: papitas de camote y una hamburguesa de cordero para Quan (sin la *jalea de higo* y el *queso de cabra* que se supone que traía, porque ¿qué rayos es esa mierda y por qué alguien se la pondría a una hamburguesa?).

Espárragos (guácala), una sustancia blanca y cremosa que no es puré de papas y encima un trozo de pescado rosa todavía con la piel plateada para Manny.

Salmón, recuerda Quan. Porque Manny ordenó sin mirar siquiera el menú.

Evidentemente, no es su primera vez en el restaurante junto al río. Pero Quan está 98 % seguro de que sí será la última (de Quan).

Quan suspira.

Manny también.

Pero no se miran.

Y por supuesto que no se hablan.

4

Desafiante

¿La única otra vez que Quan sintió un miedo tan paralizante como la noche en que se llevaron a papá? Su propio primer arresto.

Todo fue ridículo. Tenía trece años. Estaba en octavo.

(Había pasado apenitas. Al mirar atrás, le parece una locura cuánto había cambiado todo en su interior).

Ese día en particular, solo estaba… furioso.

A veces se ponía así. No tenía que pasar nada, no tenía que haber un *detonante*, como dice Doc cuando Quan se descuida y empieza a hablar de sus sentimientos. Simplemente había días, momentos, en los que la furia lo abrumaba y su visión literalmente se ponía blanca.

Quan no era violento. Sí había estado en un par de peleas, sobre todo cuando los demás hablaban tonterías de que papá estaba tras las rejas. Pero no era alguien que explotara: no gritaba, insultaba, gruñía, volteaba mesas, aventaba sillas ni se abalanzaba contra los maestros como el tipo ese de su salón, DeMarcus, al que arrestaron un mes antes del (tonto) arresto de Quan.

No. Él no era así.

Él robaba.

Nunca nada importante. A veces agarraba un lápiz del pupitre de un compañero o un plumón de la bandeja de metal bajo el viejo pizarrón blanco. Se metía a un Rite Aid justo detrás de una mamá con su hijo, cerquita, para que pareciera que venían juntos, y luego se escurría para embolsarse una latita de Altoids o un tubo fresco de bálsamo labial Burt's Bees. Esa jugada le daba un doble cosquilleo… uno en los dedos al agarrar las cosas y otro en los labios cuando se las aplicaba.

Magia.

El día funesto, estaba particularmente furioso. Le ardían los ojos de ira, le zumbaban los oídos y la boca le sabía a hierro desde hacía horas.

La tienda de abarrotes a la que entró no era nueva, pero la habían remodelado. Tenían unas bombas de gasolina nuevecitas —ahora tenían *diésel*— y un letrero brillante. Los escaparates eran nuevos, con vidrios y puertas que Quan estaba seguro de que eran antibalas, y adentro la pared del fondo tenía empotradas unas máquinas nuevas de raspados (en *doce* sabores), refrescos, jugos y todo tipo de café.

Relucientes.

Si bien el pasillo de las botanas era tentador, Quan se sintió atraído hacia un exhibidor al fondo lleno de… *novedades*: la única forma de describirlas. Había unos dulces llamados "Pez", que parecían juguetes raros. Había bolsas de canicas de varios colores. Había paquetes de dados y encendedores de formas raras. Hasta había un poco de... parafernalia. Pipas y *bongs* de vidrio colorido.

¿Qué llamó la atención de Quan? Una baraja de cartas.

Al día de hoy no tiene idea de por qué. No tenía nada de especial. Él tenía tres o cuatro en casa, así que no era como si estuviera tomando algo que le faltara.

Solo sabe que la baraja lo llamó. Lo atrajo. Le empezaron a cosquillear los dedos.

Miró a su alrededor para asegurarse de que nadie lo estuviera viendo: aparte de una anciana comprando cigarros y una madre con un bebé a cuestas tomando un Sprite, estaba solo en la tienda. Agarró la baraja y se la metió al bolsillo.

Pensó que estaba a salvo, eso creyó. Hasta entró al baño para que pareciera que había ido a la tienda porque necesitaba orinar.

Pero al salir, el empleado moreno (definitivamente no era negro) lo detuvo.

—Jovencito...

Y Quan volteó.

—No te muevas —dijo el tipo—. Voy a llamar a la policía.

Tenía las manos sobre el mostrador. Una de ellas sobre el mango de una pistola.

Nunca le apuntó a Quan. Solo la mantuvo donde pudiera verla.

Lo que no había visto Quan —y se sintió estúpido después— fue que la moderna remodelación había incluido un también moderno sistema de seguridad. Con cámaras. Así que el empleado podía ver *todo* lo que sucedía en la tienda en una pantalla detrás del vidrio (definitivamente antibalas) de la caja.

Vio a Quan embolsarse las cartas.

¿Era para tanto? Costaban $2.99. Podía devolverlas, prometer irse y no volver más, y seguir con su vida.

¿De verdad tenía que llamar a los malditos policías por

unas

cartas

marca

Bicycle?

La ira de **sentirse un inútil** se expandió en su pecho y se agolpó en su garganta, pero no lograba abrir la boca para sacarla, así que subió por sus orejas y trató de escapar por el rabillo de sus ojos.

Pero no se iba a echar a llorar. No con un tipo enojado por unos naipes de tres dólares que lo miraba como si hubiera irrumpido enmascarado con una Glock para tratarlo de asaltar.

—¿Oye, viejo, podemos olvidar el asunto? Ni siquiera necesito la baraja, la puedo devol…

Pero entonces el timbre conectado a la puerta sonó y entró un policía que parecía como si le hubieran metido un inflador para bicis por detrás, que

bombeaba

bombeaba

bombeaba

hasta inflarlo.

Quizá hasta habían usado el aire de los pulmones de Quan: de pronto ya no le quedaba nada de aire.

Miró al policía a los ojos y la Mala Noche lo inundó, y su pecho

se trabó

como había ocurrido la noche en que un policía robachicos envolvió su torso escuálido de once años con una fuerza letal.

Tampoco era el mejor momento para eso. El Policía Inflado tomó su incapacidad para contestar preguntas como una actitud desafiante:

¿Hay algún problema, muchacho?

¿Me oyes?

¿Con que te sientes muy rudo?

¿No me vas a contestar?

Quan recobró el aliento en el instante en el que la manaza del Policía Inflado le apretó el brazo (aún escuálido) con una fuerza letal. Inhaló con *fuerza* haciendo una mueca de dolor.

Y luego soltó el aire.

—¡AUCH!

—¿Así que sí hablas?

Zarandeó a Quan y lo sacó a rastras de la tienda con más fuerza de la necesaria, tomando en cuenta que Quan no se estaba resistiendo en absoluto. Tenía demasiado miedo.

Parpadeó y vio el cuerpo de papá derrumbarse.

Al llegar a la patrulla, el tipo lo estrelló contra ella y le puso las manos en la espalda de un tirón.

Luego lo esposó.

Y por segunda vez desde el jardín de infantes,

Quan se orinó en los pantalones.

El Policía Inflado lo giró hacia él.

Y se dio cuenta.

—¿Te acabas de mear?

Entonces salieron las lágrimas.

¿Qué diría mamá? ¿Había manera de evitar que Dwight se enterara de que lo habían arrestado? Definitivamente lo consideraría una "falta de respeto".

¿Qué pensaría Dasia? Sin duda ya tenía sus opiniones y definitivamente se las iba a decir cuando se enterara.

Y luego estaba Gabe. A pesar de que el mundo le importaba mucho menos que antes, ese no era precisamente el ejemplo que quería darle a su hermanito…

—¿Por qué chillas? —escupió el policía—. Ya no eres tan rudo, ¿eh? Ustedes los delincuentes se pavonean como si fueran dueños del mundo…

—¡Solo era una baraja!

—Una baraja hoy, el bolso de una señora mañana. Súbete al auto.

Abrió la puerta trasera y metió a Quan a empujones.

Dos horas estuvo en la comisaría.

Solo.

En una salita con una mesa y dos sillas y un espejo que estaba bastante seguro de que tenía una ventana al otro lado. Había visto mucho *La ley y el orden: Unidad de Víctimas Especiales*.

Le soltaron las esposas quince segundos para quitarle la mochila, pero luego el policía lo esposó por delante. Lo llevó a ese espacio estéril, lo tumbó en una silla y se fue.

Sin nada más que pensamientos turbados, un miedo opresivo y una creciente ira como compañía.

¿Cómo había llegado a parar ahí? ¿Qué se suponía que hiciera? ¿Iban a ir por él? ¿Lo iban a meter a la cárcel? ¿Implicaría eso cargos-imputación-alegato-juicio-veredicto-sentencia… todo por lo que tuvo que pasar papá?

Era una *baraja*.

Cartas.

Cincuenta y cuatro.

Apiladas.

En su contra.

Cuatro palos.

Dos comodines.

Que se reían…

de él.

¿Qué se suponía que hiciera?

… *bueno en la escuela*

lo acusaron de tramposo y lo suspendieron.

… *su mejor esfuerzo*

nunca bastaba.

… *lo que podía hacer*

se sentía tan limitado como sus manos esposadas.

¿Qué

se

suponía

que

hiciera?

Mamá no se iba a deshacer de Dwight por mucho que la lastimara (aunque Quan no entendiera POR QUÉ), pero Quan sabía que contárselo a alguien no solo la lastimaría a *ella*, sino también a él y a Dasia y a Gabe. Porque se los llevarían.

Seguro los separarían.

Los padres de mamá estaban muertos, así que Quan probablemente acabaría en casa de algún pariente aleatorio de papá al que no conocía (porque sus padres también estaban muertos).

Ni idea de qué sucedería con Dasia y Gabe. No estaba seguro de que Dwight tuviera padres —parecía más probable que fuera un engendro de demonios o el resultado de un experimento que salió mal—, así que no sabía si había parientes de ese lado con los que pudieran ir.

La única pariente viva *compartida* que se le ocurría a Quan era la "tía" Tiff y, aunque pareciera linda, dudaba mucho que quisiera abrirles su casa pomposa a tres niños de barrio (aunque no dudaba que tuviera cuartos extras). Estaba seguro de que su primo come-salmón-junto-al-río tampoco quería tener nada que ver con su calaña.

Y no podía hacer un carajo al respecto. Al respecto de *nada*.

Estaba en una estación de policía.

Esposado.

Arrestado.

La baraja que se había embolsado selló su destino.

"Delincuente Junior",

llevaba años diciéndole Dwight.

¿En serio eso era verdad?

No podía negar el impulso de tomar lo que no era suyo. ¿Acaso la D en su ADN era por "delincuente"? ¿El "Jr." era abreviatura de "junior" o de "joven reincidente"?

Quizá papá se había equivocado. Y la señora Mays también.

No había forma de salir.

Ni forma de subir.

Quizá hubiera forma de *cruzar*... pero no tenía idea de hacia dónde.

¿De verdad podría *ser* diferente a como era?

¿Y quién era?

La puerta de la salita se abrió y un oficial en pantalón de vestir y camisa, con la placa abrochada al cinturón, se hizo a un lado para que una mujer morena de lentes oscuros pudiera asomar el torso hacia la sala.

—Vámonos —fue lo único que dijo mamá.

Y mientras esperaban a un policía que claramente no tenía ninguna prisa de buscar las raquíticas pertenencias de Quan, la puerta del vestíbulo se abrió y hubo una conmoción.

Hubo gritos...

"Oye, quítame las sucias manos de encima. ¡Ni siquiera hice nada!".

Luego escuché un ruido de pasos y un poco de escándalo mientras dos policías arrastraban a un chico más moreno que mamá a la zona de registro. No estaba gritando ni pataleando, pero...

"¡Siempre andan encima de mí! ¡Tratando de inventarme cuentos!".

—Vámonos, LaQuan —dijo mamá.

¡Me tienen harto!

Entonces el chico —porque definitivamente era *chico*; quizá uno o dos años mayor que Quan, de quince a lo mucho— vio a Quan.

Y sonrió.

"¡Oye, yo te conozco!",

gritó desde el otro extremo del lugar.

Y lo conocía. Quan lo conocía también.

Bueno, de oídas.

No estaba completamente seguro de su nombre —Dre o Trey—, pero definitivamente lo había visto en el barrio.

Un momento en particular le llegó a la mente: una de las últimas veces en que le permitieron llevar a Dasia y a Gabe al parque, vio a un tipo —definitivamente mayor que él— salir del cohete con una bolsa negra para libros colgada del hombro. Quan se asomó adentro y vio a otro contando dinero.

A un chico.

Alzó la mirada y Quan se petrificó.

El que contaba el dinero había soltado una sonrisita. Como si *él* fuera el nuevo capitán de su nave espacial.

Ahora, en la comisaría, también le estaba sonriendo.

"Nos vemos afuera, homie", dijo.

Luego dejó de resistir a los policías y desapareció.

12 de marzo

Querido Justyce:

Hermano.

Creo que estoy enamorado.

Se llama Liberty Ayers. Preciosa, rastas largas. Ojos tan oscuros que son casi negros. Piel color avellana tostada (pero no le digas que dije esa mierda porque cuando se lo mencioné —y sabes que tu *brother* se lo mencionó—, me miró directo a los ojos y dijo: "No seas infantil. A las mujeres no nos gusta que nos comparen con comida").

No voy a hablar de su cuerpo porque me sorprendió mirándola y "me puso de vuelta y media", como dijo Doc cuando le conté que me jaló las orejas. Pero sí te diré que SI HABLARA de su cuerpo, solo diría elogios.

No le puedo pedir que se case conmigo todavía porque es la interna del encargado de mi caso, así que crearía un "conflicto de intereses" (otra vez, palabras de Doc). Pero hablar con ella me hace preguntarme qué tan diferente sería mi vida si hubiera conocido a alguien como ELLA a los trece en vez de a Trey.

Es de su misma edad —diecinueve tirando para veinte— y está en segundo año en la Universidad Emory. Ahora. Pero ¿era una amenaza cuando era más chica?

Cuando conoces su historia, no te la esperas. La crio su abuelo porque sus papás estaban en la cárcel, pero el viejo tenía diabetes grave y estaba en silla de ruedas, así que ella lo cuidaba más a él que él a ella.

Me afectó un poco oírla hablar de cuando era chica, porque me recordó mucho a mi hermanita.

En fin, Libz (tú no tienes permiso de decirle así) empezó a meterse en peleas y esas mierdas en tercero o cuarto. La primera vez que la metieron al bote, tenía doce... La pelea llegó demasiado lejos y le rompió el brazo a otra niña (¡BRO!).

La segunda vez fue por daños a la propiedad en segundo grado.

¿La tercera? Robo de vehículo.

A los catorce.

(¡¡¡BROOOOO!!!).

Pero dijo algo que me pegó: los doce meses que tuvo que pasar tras las rejas por ese último delito fueron los meses más difíciles de su vida, pero a la vez los MEJORES. Perdió a su abuelo y todo, pero dijo que incluso ESO la hizo querer cambiar algunas cosas. Y todo porque conoció a alguien que no la dejó "seguir enterrando mis lados buenos", como dijo (también tiene labia, *bro*. Es el paquete completo).

Ahora, si bien no me trago esa mierda de "qué felicidad, ¡conocí a una persona que cambió mi vida!", su historia me puso a pensar en mi propia situación. Sí creo que el hecho de que yo acabara aquí adentro era inevitable, pero ahora no dejo de pensar en todos los "qué hubiera pasado si".

¿Sabías que la primera vez que hablé con Trey, estábamos en la estación de policía? A él lo estaban registrando y a mí me estaban soltando. Yo seguía furioso por la estupidez por la que me habían arrestado, pero él tenía un cargo por allanamiento de morada.

Cuando lo soltaron —porque, en ese caso, en realidad no había sido él—, me buscó. Y aunque yo sabía que ese cabrón me iba a meter en problemas, empecé a andar con él, a ir a donde me pidiera.

Al oír hablar a Liberty, empecé a sentir que entendía por qué. Me estaba contando cómo SU encargada de caso —la que la ayudó a cambiar su vida— le enseñó que la gente tiene el impulso de hacer algo para que los demás sepan que existimos.

(A que se te había olvidado que era listo, ¿no? #TeEngañé!).

De verdad me hizo pensar en los años entre los que eres un niño NIÑO —como de la edad a la que nos conocimos tú y yo— y un hombre ya bien crecidito (aunque, cuando eres negro, ALGUNAS personas quieren tratarte como adulto antes de que lo seas). Cómo cuando estás en los últimos años de secundaria, la gente con la que te conectas influye MUCHO en lo que acabas haciendo.

Cuando metieron preso a mi papá, en realidad no tenía conexiones positivas: nadie que fuera buena influencia o que señalara lo bueno que veía en mí. Sinceramente, excepto por UNA maestra —a la que además se le ocurrió tener un bebé—, nadie me hacía caso PARA NADA, mucho menos me decían algo positivo o alentador, o el término cursi que prefieras.

Y creo que ahí fue donde entró Trey. Nah, no era buena influencia, pero... me veía. Si tiene sentido. La vida de Libz cambió a su rumbo actual porque alguien la vio a ELLA y notó lo BUENO en su interior. Se lo empezó a señalar.

Una conexión positiva, le dijo.

Y eso me hace preguntarme: ¿Habría ido mi vida en otra dirección si hubiera tenido conexiones más positivas? Porque Trey en realidad solo fue el primero de una fila de contactos NO positivos que me llevaron a tomar una serie de decisiones no tan buenas.

Todo eso ya no importa porque acá ando, pero es "para meditar" (#CosasDeDoc) de todos modos.

Oye, hablando de Doc, le estoy agarrando cariño a ese *homie*.

Lástima que no lo conocí antes.

Q

5

Delincuente

Trey estaba esperando a Quan dentro del cohete.

Cómo supo que iba a aparecer por ahí sigue siendo un misterio, pero tres días después de su breve encuentro en la comisaría —si es que se le puede llamar "encuentro"—, Quan entró a los juegos con toda la intención de desaparecer en su espacio exterior personal

y

encontró

a Montrey David Filly.

Sentado.

Con la espalda contra la pared cóncava de adentro. Con las largas piernas estiradas y cruzadas en los tobillos. Y las manos entrelazadas en el torso.

Pasando el rato.

Quan se paró en seco en cuanto lo vio ahí dentro. Él seguía a varias yardas del cohete.

Pero no importó.

—Te tardaste —bromeó Trey con una sonrisa ladeada y un fulgor travieso en los ojos—. Llevo viniendo a diario.

Lo cual hizo pensar a Quan… pero también lo hizo sentirse más o menos bien.

—¿Me estabas buscando?

Trey hizo un gesto de exasperación.

—Ven acá, cabroncito —dijo.

Y Quan fue.

Trey no podía saberlo (¿o quizá sí?), pero en *ese* momento, Quan no quería estar solo.

Necesitaba un amigo.

Alguien a quien le importara.

Porque en el instante en que mamá y Quan salieron de la guarida fluorescente de la ley y el orden a la noche fresca de Georgia, a Quan le quedó clarísimo que a ella ya él no le importaba.

Durante los primeros diez de los quince minutos de autobús a casa, no intercambiaron una sola palabra. De hecho, Quan se preguntó si siquiera parecía que venían juntos. Llevaba trece años siendo hijo de su madre y sabía cuándo su negativa a voltearlo a ver se debía a la ira. Se sentía como si estuviera sentado junto a un dragón cuya piel irradiara calor porque se esforzaba

mucho

por mantener dentro el fuego.

¿Pero ahora? Era como si ni siquiera estuviera ahí.

No había calor de furia materna. Nada de fuego.

Había… hielo.

Y se enfrió y enfrió —y el vació creció y creció— conforme se acercaban a casa.

Cuando el autobús dobló la esquina anterior a su parada, Quan sintió un escalofrío. Se le erizaron los vellos de los brazos y todo.

—Perdón, mamá —dijo con los ojos clavados en lo que parecía un chicle tan pisoteado en el piso acanalado que se había convertido en parte de él.

Su mamá estiró la mano para jalar el cordón de parada que recorría el interior del autobús.

—Eso era lo que decía tu padre.

Luego se levantó y se dirigió a la puerta de atrás.

Así siguieron las cosas durante los siguientes días. Dwight había desaparecido otra vez (aunque Quan supiera que iba a regresar tarde o temprano), así que la casa estaba más apacible que de costumbre… pero mamá ni siquiera volteaba a verlo. No hablaba a menos que le hablaran primero, e incluso entonces solo lo hacía con respuestas cortas y ecuánimes:

Sí.

No.

Ni idea.

y la peor para Quan:

No me importa, LaQuan.

Dasia siguió su ejemplo.

Gabe todavía lo quería, pero también tenía miedo. Miedo de qué, Quan no lo sabía, pero el hecho de que el chiquitín revisara si mamá o Dasia estaban cerca antes de interactuar con su hermano mayor se sentía como una puñalada al corazón con una espada de Legos.

Quan estaba absoluta y totalmente solo.

(Por una jodida baraja).

—No vas a chillar, ¿o sí? —le preguntó Trey cuando se sentó junto a él, más que listo para despegar hacia el olvido.

Quan agachó la mirada y negó con la cabeza.

—Nah.

—Tranquilo —dijo Trey—. No le voy a contar a nadie…

Se encogió de hombros.

"Yo lloré después de mi primer arresto".

Quan sollozó un poco. Y se odió por eso.

—Te entiendo, chiquitín —continuó Trey—. La primera vez te asustas mucho.

—Sí.

—Yo tenía once años. Esas malditas esposas casi ni me quedaban.

Silencio.

(Quan no sabía muy bien qué hacer con esa información).

—Ya vi la pinta de tu mamá —continuó Trey—. No te habla, ¿verdad?

Quan suspiró.

—No.

—La mía se puso igual. ¿Tu pa está en el bote?

Qué locura.

—Seh.

—Me imaginé.

—¿Qué hiciste? —preguntó Quan sin pensarlo—. ¿Cuando tenías once?

—Me salté la escuela y MPA.

—¿MPA?

—Menor en posesión de alcohol. Me mandaron a una tontería que llamaban pre-juicio, que incluía reuniones con un grupo de Alcohólicos Anónimos (querían que viera "cómo el alcoholismo afecta a otras personas"), así que acabaron retirando los cargos. Pero ¿el arresto? Nunca he estado más asustado en mi vida, viejo.

—¿Cuántos años tienes ahora?

—Quince. ¿Y tú? ¿Doce?

—Acabo de cumplir trece.

—Una locura, ¿no? Una vez tuve un abogado blanco… de verdad quería *ayudar* a los chicos como nosotros, así que tomó mi caso pro bono. Yo tenía trece años en ese entonces, y me contó que tenía un hijo de mi edad que acababa de hacer su bar mitzvá, ¿sabes qué es eso?

Quan negó con la cabeza.

—Nah.

—Es una ceremonia en la que un joven judío se vuelve "responsable de sus actos" —dijo haciendo unas comillas con los dedos—. Así que pasa de ser "niño" a "hombre", básicamente. El abogado estaba ahí todo ñoño contándome eso y yo no dejaba de pensar: así que tu hijo es un adulto para estándares judíos y de todos modos lo tratan como un niño. Mientras tanto, no hay ceremonias para los chicos como nosotros, pero si nos metemos en problemas, nos tratan como adultos.

Quan no podía decir nada a eso.

—Lo más chistoso es que la única razón por la que el tipo estaba trabajando conmigo es que me pescaron con un *dime*, que es una bolsita de hierba de diez dólares…

—Ya sé qué es un *dime*, viejo.

Trey sonrió burlón.

—Sí, claro. Bueno, como te decía, cuando me agarró el policía, me dijo: "Si te quieres comportar como adulto, la ley te va a tratar como adulto". Cuando le pregunté al abogado si alguna vez le diría algo así a su hijo, se quedó de piedra.

También Quan.

—En fin, ahora estás dentro, chiquitín.

Quan tragó saliva. ¿Estaba *dentro*? ¿Qué significaba eso?

—Pero yo estoy contigo, ¿eh? —Trey le pasó un brazo por los hombros—. He estado donde estás, viejo. Y sé para dónde vas. No hay muchas carreras para los *niggas* como nosotros, ¿captas?

Sí.

Quan captaba.

Así que cada vez que Trey lo llamaba, Quan siempre acudía.

Si bien ese primer arresto sí acabó en el historial de Quan, nunca presentaron cargos.

En el segundo, tuvo suerte (y Trey también, porque se acababan de separar): sí presentaron cargos —posesión juvenil de arma de fuego… no que tuviera ninguna intención de usar la pequeña calibre .22 que le había dado Trey—, pero fue un delito menor. La fiscal de distrito del tribunal juvenil estaba a dos audiencias de la jubilación y quería "irse en paz", así que retiró los cargos, le impuso servicios comunitarios y le dijo que pusiera su vida en orden

"antes de que sea demasiado tarde, muchacho".

El cargo relacionado con su tercer arresto no fue retirado —así suele ser el allanamiento de morada— y Quan tuvo su primera temporada en un centro de detención juvenil.

Ahí pasó su cumpleaños número catorce.

Pero, mirando atrás, fue su cuarto arresto el que afianzó su rumbo.

Estaba en el centro comercial. Un grupo de blancos de traje se estaban riendo a carcajadas en la zona de comida. Eso lo irritó: si hubiera sido un grupo de chicos como él, sentados en las mismas posiciones, hablando y carcajeándose al mismo volumen, les habrían pedido que se retiraran.

En cuanto su mirada detectó los *dos* celulares en la mochila abierta del tipo sentado en la cabecera —idiota—, la irritación le facilitó mucho la decisión de ejecutar la movida de "choque y pesca" que

(creía que)

había perfeccionado.

Una distracción perfecta —una señora empujando una carriola— pasó en el momento perfecto.

Choque…

Quan

se tropezó

ceremoniosamente y la rueda delantera de la carriola le pegó a la mesa justo como lo había planeado.

—¡Dios mío, señora!

Y se irguió rápido, mientras se metía el celular extra en el bolsillo.

—¡Lo siento mucho!

"Métele verbo",

le había dicho Trey.

"Convéncela".

Y lo hizo. *De verdad* lo hizo. La señora le estaba preguntando si *él* estaba bien.

Salió del centro comercial y trepó la mitad de la colina hacia la parada del autobús. Pero entonces una camioneta se orilló junto a él.

Seguridad de la plaza.

"Robo menor" fue el cargo.

"Delincuente" fue la proclamación (luego de "criminal de carrera", por supuesto).

"Doce meses" en un centro de detención juvenil regional fue la sentencia.

Y Quan salió… diferente.

Iluminado. En la oscuridad. Su oscuridad, y cómo
afectaba las cosas.

Ahí estaba Antoine (tan oscuro como él), de trece años: cumpliendo ocho meses por cargos de agresión grave.

DeAngelo (un poco más oscuro), de quince años: diez meses por "tráfico de una sustancia controlada".

Alejandro (no tan oscuro, pero moreno), de doce años: doce meses por "participar en actividades delictivas de pandillas" (y ni siquiera había hecho nada: *culpable por asociación*).

Y luego estaba Shawn el Blanco (Shawn el Negro —de dieciséis años— iba a la sección juvenil de la cárcel para adultos por su participación en un tiroteo desde un vehículo en movimiento que había dejado dos muertos).

De diecisiete años.

Apuñaló a su papá ocho veces con un cuchillo de carnicero.

Mientras dormía.

¿Su cargo y sentencia finales?

Agresión simple. Sesenta días.

Y **ni siquiera** en detención. En un

Campus de Desarrollo Juvenil.

Una parte de Quan deseaba que su consciencia tuviera una perilla que pudiera girar hasta cero.

Pero para Vernell LaQuan Banks Jr., no había manera de

no notar

la cantidad de caras morenas

que llegaban y se quedaban

comparada con la de caras **no morenas**

que llegaban y se iban.

* * *

Pasaron doce meses hasta que lo soltaron.

Y Trey también había tenido un año interesante.

Su abuela había fallecido.

Y su mamá no se lo había tomado bien.

(Así que él tampoco).

Cuando se tropezó con un pupitre en la escuela y descubrieron que el líquido transparente en la botella de la que tomaba a sorbos *no era* agua, lo expulsaron.

(Era su última oportunidad).

(No que le importara un carajo la escuela).

(O eso decía).

—Esa fue la gota que derramó el vaso para mi mamá —le dijo a Quan mientras estaban sentados afuera del cohete espacial (habían crecido y ya no cabían juntos adentro) y se pasaban un vapeador.

(Esa era otra cosa: Quan había renunciado a los habanos con marihuana. Por algo sobre *cancerígenos*).

—Se largó a Florida y no me quiso llevar.

—No me jodas. ¿En serio?

inhaaaaaala...

exhaaaaaala...

—Sep.

—Carajo, hermano. Entonces, ¿dónde vives ahora?

inhaaaaaala...

exhaaaaaala...

—Por ahí. Hablando de eso… —Miró un reloj en su muñeca—. Tengo que ver a mis amigos.

El reloj… brillaba.

Trey se dio cuenta de que Quan se daba cuenta.

—Está bueno, ¿no? —Le dio vuelta en su muñeca para que reflejara la luz.

—¿De dónde lo sacaste?

—Un… negocio nuevo —dijo Trey mientras se levantaba—. De hecho…

Volteó a ver a Quan. Se rascó los pelos que le habían aparecido en la barbilla desde la última vez que se habían visto.

Se veía demasiado *calculador* para su gusto y los músculos de Quan se tensaron por voluntad propia. Había pasado mucho tiempo desde la última vez que había estado en presencia de alguien que considerara su *amigo*. No sabía muy bien cómo comportarse.

Trey asintió.

—Sí —dijo, contestando una pregunta de la que Quan no estaba al tanto—. Vente.

—¿A dónde?

Trey sonrió.

—Quiero presentarte a alguien.

Imagen:

Un muchacho conociendo a un hombre

(2016)

Quan está nerviosísimo al recorrer el "Sendero Sacro", como ha oído que le dicen al pasillo de la entrada. Ya ha estado en el porche, pero ¿que lo inviten a pasar?

Uf.

No es lo que esperaba, aunque no pueda articular exactamente por qué, ni siquiera en su cabeza. Ya lleva un rato con Trey y ellos, y ha logrado entender algo del funcionamiento del equipo y la operación. Pero al ver imágenes enmarcadas de reyes y reinas egipcios antiguos colgadas en una pared, y en la de enfrente un póster que dice "Los policías racistas deben retirarse de inmediato de nuestras comunidades, desistir de sus matanzas, brutalidad y tortura contra las personas negras, o enfrentar la ira del pueblo armado. —Huey Newton"...

Quan no sabe qué pensar.

No hay nadie en la sala cuando entra, pero en un par de segundos, una voz grave —y, tiene que admitirlo: *suave*— sale de algún otro sitio en la casa:

—Siéntate, hermanito. Ahorita te alcanzo.

Quan obedece y elige un sitio en un sofá desgastado. Luego observa la sala entera. Huele... ¿a flores? De pronto recuerda la primera vez que entró al salón de la señora Mays en séptimo grado. Su aroma no se parecía a nada que hubiera olido antes, lo hacía sentir como si hubiera entrado en otro mundo, por muy cursi que suene.

Resulta que la señora Mays tenía un aparato en forma de flor conectado a la pared, con unos frasquitos de vidrio intercambiables llenos de fragancia líquida.

Quan detecta uno conectado a un enchufe en la pared de enfrente.

Y ahora sí que está confundido. Sobre todo porque está enchufado debajo del póster enmarcado de un tipo con boina sentado en lo que parece un trono de mimbre. Trae una lanza en una mano y una escopeta en la otra.

—Quan, ¿verdad?

Quan brinca de su asiento y suelta un gritito.

Parado junto a él —y riéndose— está un tipo moreno y barbado, con pantalones blancos y una camisa de cuello V que parece traída directo de África. Le da a Quan una botella de vidrio y luego va a sentarse a una silla redonda que parece hecha de bambú. También trae una botella en la mano.

Quan mira la etiqueta de la suya: TÉ DE JENGIBRE JAMAIQUINO.

—Bebe —dice el hombre.

Quan obedece. Está... buena. Pica un poco, pero también lo tranquiliza, extrañamente. Se relaja un poco.

—¿Ese es tu nombre de pila? —pregunta el hombre.

—¿Eh?

—Quan. ¿Eso dice tu acta de nacimiento?

Quan niega con la cabeza.

—No, señor.

—Ahórrate el "señor", mini-*homie*. Me puedes decir "Martel" o "Tel". Tú eliges. ¿Cuál es tu nombre de pila?

—Eh... —Quan duda. Nunca le dice a *nadie* su nombre de pila—. ¿Completo?

Martel se ríe de nuevo.

—Todo lo que quepa en la pila.

—Vernell LaQuan Banks Jr.

—Junior, ¿eh? ¿Así que te llamas como tu papá?

—Seh —dice bajando la mirada.

—Supongo que es un padre ausente.

—Está preso.

—¿Y tú?

—¿Eh?

—¿Te han metido preso?

Quan aprieta la mandíbula.

—Sí.

—¿Te da rabia?

Quan se detiene a pensar. Es algo que nunca le han preguntado, ni siquiera sus encargados de caso. Mira a Martel a los ojos.

—Sí —dice—. Mucha rabia.

—¿Por qué? Cometiste el crimen, ¿no?

Quan traga saliva. Lo último que quiere es empezar a sonar como los tipos en prisión que no dejaban de quejarse de la "injusticia" del sistema. "Siempre asume la responsabilidad de tus actos, Junior", le decía papá. "Yo sé las posibles consecuencias de lo que hago y decido hacerlo de todos modos, así que, si un día me agarran, no me puedo quejar".

Pero ahí estaba el detalle: por muy incómodo que lo pusieran las quejas, Quan no podía negar su esencia de verdad. El sistema sí era injusto. Quan lo había visto con sus propios ojos. Carajo, lo había vivido.

—Digo, sí, pero… —busca las palabras correctas en su mente—. Me dieron un AÑO detenido por tratar de robarme un celular. Y, sí, estuvo mal… —Su mente lo lleva a Shawn el Blanco, alias el Apuñalapapás—. Y no me quejo por tener que sufrir las consecuencias de mis actos. Nomás que se me hace que la "paga" fue… excesiva. Considerando lo que "hice".

Martel entorna los ojos un poquito, pero no da ninguna pista de qué está pensando.

—¿Qué más te da rabia? —pregunta.

Eso no era lo que esperaba.

—¿A qué te refieres?

—¿Qué tienes? ¿Quince años?

—Sí.

Martel asiente.

—Mi tesis de maestría fue sobre las trayectorias de varones adolescentes afroamericanos criados por madres solteras en entornos urbanos empobrecidos.

Y, pues…

—¿QUÉ?

Ahora Martel se ríe en serio.

—Tengo una maestría en trabajo social, pequeñín. Los chicos como tú son mi "especialidad", por así decirlo, y, francamente, lo que aprendí fue la razón por la que volví acá a hacer lo que hago. ¿Sabes quién es ese? —pregunta con una seña hacia el tipo de la boina.

—No —contesta Quan.

—Es Huey Newton. Uno de los cofundadores del Partido Pantera Negra de Autodefensa. Me encontré una cita suya mientras trabajaba en mi tesis: "El Poder Negro es darle poder a la gente que nunca lo ha tenido para que pueda decidir su destino". Y ahí estaba: el resumen de los hallazgos de mi investigación y lo que tenía que hacer al respecto. Así que te lo vuelvo a preguntar: ¿qué más te da rabia, Vernell?

Quan está atónito. No solo por el uso descarado de su nombre "de pila", sino por cada una de las palabras que acaban de salir de la boca de Martel. Él está *completamente* consciente de lo que hace y mentiría si dijera que creía que había ido a la universidad. Además, esa cita de Newton le pegó en el mismo pecho.

Pero ¿por dónde empezar?

—Empecemos por tu casa —dice Martel, como si su pregunta le hubiera aparecido en la frente—. Ya sé que has estado pasando mucho tiempo con mis muchachos. Lo que significa que tu casa no es un lugar en el que quieras estar, ¿verdad?

Quan siente un nudo en la garganta. Cuando se fue de "su casa" por la mañana, mamá y Dwight estaban acurrucaditos en el sofá, viendo la tele. Mamá traía un moretón en la mandíbula y la muñeca en un cabestrillo que usaba *demasiado* para ser alguien que no hacía deporte ni sufría de túnel carpiano.

Le daba náuseas de solo acordarse.

Y se lo dice a Martel.

Se lo cuenta todo (casi).

En cierto punto, Martel va por otro té de jengibre, pero esa vez se lo da en un vaso con hielo y algo amargo que le quema un poco al tragar, pero hace que se le relajen los músculos.

Cuando Quan termina, Martel le dice cómo funciona la organización y le ofrece entrar, siempre y cuando pueda respetar las reglas.

(Quan se percata de que no le explica qué pasa si alguien *rompe* esas reglas, y eso lo hace dudar… pero solo un segundo).

Y entonces está dentro. Así como así.

—Entonces te veo en la Junta Matutina de mañana, a las ocho en punto —dice Martel mientras se levantan. Es una afirmación, no una pregunta. Y entonces Quan se da cuenta de que no hay vuelta atrás.

Así que… se lanza.

—¿Puedo preguntarte algo, Tel? —dice.

Martel se mete las manos a los bolsillos y alza la barbilla.

—¿Qué?

—El, eh… —dice con un gesto hacia el difusor de fragancia conectado debajo de Sir Huey—. ¿Qué aroma es?

Martel le dedica una sonrisa tan grande que Quan desvía la mirada.

—Amanecer primaveral.

Quan asiente, lleno de una emoción que no logra identificar.

—Eso pensé —dice—. Eh… te veo en la mañana.

Recorre el pasillo de vuelta y sale por la puerta.

4 de abril

Querido Justyce:

Cuando vino Doc hace un rato (para destrozar mi ensayo sobre Hijo nativo vs. El hombre invisible, el muy desgraciado), me dijo que hoy es el aniversario del asesinato del Dr. MLK. Lo cual por supuesto me recordó a tu apestosa persona. :)

(Sí, dibujé una carita feliz. ¿Y qué?).

En tu última carta, me preguntaste por qué me uní a la Jihad Negra. Y, para serte honesto, la pregunta me irritó. Así que no iba a contestarte.

Pero luego me puse a pensar en lo del homicidio.

Nota aparte: ¿Te habías dado cuenta de que esa palabra empieza casi con *homie*? Me pregunto si estarán relacionadas etimológicamente. ¡A que no sabías que conocía esa palabra, cabrón!

(En serio: Doc se puso a prepararme para un SAT de "práctica". No puedo creer que le dije que sí. Es un tipo muy persuasivo).

En fin, Doc me estaba contando de la vida de King y cómo una señora trató de matarlo en 1958 con un abrecartas (¡!) en una firma de libros (¡¡!!). Además de ayudarme a tomar la firme decisión de que nunca quiero ser escritor (¡*bro*!), hablar del Dr.

King me hizo pensar en esa carta cortitita que le escribiste en tu cuaderno justo después de que falleciera Manny. En la que te lamentabas porque Manny nunca había hecho nada mal, pero de todos modos perdió la vida.

Lo que me hizo pensar en tu pregunta. Porque, en realidad, lo que les pasó a MLK y a Manny —lo que les pasa a los tipos buenos todo el tiempo— fue una parte importante de mi decisión.

No esas cosas directamente (obviamente, me uní antes de lo que le pasó a Manny), sino el hecho de que sucedan. Que alguien solo esté tratando de conseguir derechos igualitarios y se lo surtan. Que a un chico que nunca había cometido ningún delito se lo carguen.

¿Y luego el hecho de que a *niggas* como Trey y yo, que SÍ hacemos nuestras cosillas, nos castigan peor que a los blancos que salen con la misma mierda? Si Brock o Conrad se roban un celular en el *mall*, les menean el índice en la cara y los obligan a ser voluntarios en una cocina comunitaria un par de veces. A mí me tachan de "criminal de carrera", me encierran y tiran la llave. Sé que ya te conté del tipo que apuñaló a su papá, pero, oye, si tuviera un dólar por cada blanquito que he visto entrar al centro de detención y salir en un par de días —cuando tenía catorce años y ahora TAMBIÉN—, tal vez me alcanzara para salir de aquí a billetazos.

Es una soberana mierda, Justyce.

En fin, luego de ver que pasaba lo mismo una y otra vez, salir del bote, volver a "casa" y ver que nada había cambiado, supongo que me harté. Me quedé en la escuela porque la "vagancia" era una violación de mi libertad condicional que me habría metido en arresto domiciliario (ni muerto), pero tener "delincuente" en mi historial hacía que la gente me tratara distinto aunque me hubiera mantenido al corriente mientras estaba dentro y trabajara (bien) una vez fuera.

Mi mamá tenía sus propios problemas. Y no sabía nada de mi papá desde que lo habían agarrado. Le mandé cartas los primeros como seis meses, e incluso una vez cuando andaba yo también tras las rejas, pero nunca contestó.

Nunca tengo a nadie en mi esquina, Justyce. Creo que por eso me molestó tanto tu pregunta. ¿Cómo podrías entenderlo Tú? Sé que las cosas con tu papá no eran... "óptimas" creo que es la palabra correcta. Pero recuerdo a tu mamá vívidamente y ella no te iba a dejar joder tu vida. Fuiste a esa escuela de ricachones y tuviste todo ese apoyo... ¿Cómo podrías entender el funcionamiento interno de un gato de barrio como yo?

Pero al pensar en ti y en Manny y en el Dr. King cuando se fue Doc..., hay una brecha bastante grande entre esa carta en la que básicamente te rendiste y la que escribiste al llegar a Yale. Sé que viniste a visitarme a Mí en algún punto intermedio y recuerdo que no te estaba yendo tan bien. No estoy seguro de si usaste el número que te di (como que me sorprende que no lo hayas mencionado), pero estaba ahí pensando y se me ocurrió que quizá —QUIZÁ— no te estaba dando el beneficio de la duda.

Así que, bueno.

La razón por la que me uní a la Jihad Negra: necesitaba refuerzos. Apoyo sin juicios. Gente que no me diera por perdido; que nunca lo haría.

Necesitaba una familia.

Y no todo era malo, como cree la gente. No todo era el territorio y el crimen y esas mierdas. Martel es un visionario. Su gran plan incluye construir un centro comunitario y abrir una librería en nuestro barrio. Quería ayudar a la gente.

Era un proyecto increíble y me gustaba formar parte de él.

Sí, ahora estoy acá dentro y seguramente no voy a salir pronto, y sí, eso sucedió antes de lo que esperaba...

Pero al menos estoy vivo.

Quizá eso no te parezca mucho a ti, pero es más de lo que creía posible.

También es más de lo que Manny y el Dr. King pueden presumir.

Ojalá que mantengas vivo ese Sueño tuyo.

Alguien tiene que hacerlo.

Contéstame, porque siento que te acabo de contar demasiadas cosas.

Sinceramente,
Quan

6

Confesión

Esta parte quizá debería ser una imagen. Así es definitivamente como se ve en la mente de Quan. "Imagen: Dos chicos en la azotea de una casa abandonada: el fin del inicio".

Quizá llevara cinco meses en la organización… y eso era de verdad: una organización. Había reuniones, una los miércoles por la noche y otra los sábados por la mañana. Había reglas: nada de alcohol para menores de edad —lo que catalizó la sobriedad de Trey—; nada de tabaco; nada de drogas duras, "pastillas pa' adelgazar y toda esa basura de opioides incluida"; nada de "tonterías", como decía Martel: robo (menor o mayor), violaciones de tránsito, peleas innecesarias, sexo sin protección ("Me llega una chiquilla diciendo que uno de ustedes la embarazó y les doy con palo").

Y estaba el negocio. Y, al contrario de lo que todos suponían, Martel Montgomery no vendía drogas.

Era traficante de armas.

Quan empezó en seguridad, como todos los nuevos. Pero cuando se supo que era medio bueno para los números, sus tareas cambiaron (mucho más rápido de lo normal, lo sabía) a contar dinero. Asegurarse de que habían pagado lo correcto, separar la tajada de cada quien y llenar sobres para distribuirlos entre los miembros de la banda.

Y todos le agarraron cariño de inmediato, sobre todo porque se le daban los números y sugirió un pequeño ajuste al modelo de negocios que aumentó las ganancias un 7 %.

Luego de una paliza grupal que le dejó un ojo hinchado, una muñeca torcida y costillas amoratadas (Me tropecé y caí por las escaleras, le dijo a su oficial de libertad condicional, algo que siempre le funcionaba con mamá), lo recibieron con cariño en el grupo.

Pero de todos modos mantuvo su distancia.

Al mirar hacia atrás, Quan no consigue saber qué fue lo que lo convenció de ser tan...

abierto

con Trey la noche en que los dos acabaron en la azotea de una casa abandonada. Sí, Dwight había llegado borracho y se había desbocado. Sí, mientras gritaba y aventaba cosas y hacía acusaciones ridículas sobre mamá y "visitas conyugales" a papá, Quan se había llevado a Dasia y a Gabe al escondite que Dwight nunca estaba tan lúcido como para adivinar (por idiota). Sí, Dwight había amenazado a Quan y él había tenido que enseñarle la calibre .22 que siempre quería usar aunque supiera que no podía.

Pero nada de eso era nuevo.

De hecho, el mismo escenario había sucedido ya tres veces en los cinco meses desde que Quan se había unido a la Jihad

Negra. Y todas las anteriores… salía de la casa. A veces se iba a caminar para calmarse. Para aclararse la cabeza.

Cuando regresaba a casa, Dwight estaba desmayado o no estaba (una vez lo encontró llorando a mares en la mesa de la cocina, pero trata de no pensar en Dwight como un ser *humano*. Eso lo confundiría demasiado).

Otras veces iba a casa de Martel para ver si tenía algún encargo, o a casa de Brad o DeMarcus para matar el tiempo y ver pelis o jugar videojuegos.

Pero fuera de esa primera conversación que había tenido con Martel, nunca hablaba de sus problemas en casa.

Qué fue diferente esa noche, todavía no lo sabe. Quizá que cambió de parecer de camino a casa de Brad y dio vuelta a la derecha al subir la colina, en vez de a la izquierda. Quizá que al llegar al final de esa calle nueva para él, vio una pareja.

Vio al chico tomarle la mano cariñosamente a la chica y abrazarla con amor.

Se mecían. De un lado al otro.

Luego separaron los cuerpos…

y se besaron.

Quan sentía que era un pervertido, pero no podía quitarles los ojos de encima. Fuera de las películas, nunca había visto algo así.

Quizá fue que, al separarse la pareja, el chico vio a Quan (*mirándolos*) y lo llamó por su nombre.

Era Trey.

Y Trey *siempre* sabía cuando algo andaba… mal.

No solo con Quan.

Con quien fuera.

Tenía un

sexto

sentido.

(Daba escalofríos).

Trey hizo el gesto del *ojo que todo lo ve*: miró a Quan de pies a cabeza, frunciendo el ceño, y dijo:

Trin, nos vemos luego, mi amor, ¿sí?

antes de ver a la chica caminar a la casa.

Luego volteó hacia Quan y dijo:

Ey, ven conmigo, hermano.

(Quan obedeció, como de costumbre).

Dieron un par de vueltas más y acabaron en una casa con pinta de haber estado deshabitada por años. Quan siguió a Trey hacia el patio trasero, se subieron a un porche que parecía a punto de desmoronarse y entraron por una puerta corrediza de vidrio.

Adentro estaba oscuro, pero

quizá ver

el colchón

y la mochila

en el rincón

de un cuarto vacío

y darse cuenta

de que seguramente ahí dormía Trey

—de que ahí ***vivía***—

lo puso un poco más emotivo de lo que se permitía normalmente.

Quizá por eso cuando llegaron a la azotea y Trey sacó su vapeador (que andaba en las últimas… porque la casa no tenía luz, se percató Quan. ¿Qué haría Trey al llegar el invierno? NO se ponía *tan* frío en Georgia, pero había algunas noches…) y le preguntó qué le pasaba, Quan

LE CONTÓ TODO.

Cuatro días después —un martes—, en la escuela, llamaron a Quan a la dirección.

Su corazón

le latía

en la

garganta

oídos

cráneo

saliendo del salón

bajando las escaleras

y recorriendo el pasillo

desde la clase de inglés.

Se devanó los sesos tratando de averiguar qué había hecho y qué tan malo sería.

No había cumplido el confinamiento un par de veces… ¿Lo habían reportado? Mamá siempre amenazaba con llamar a su oficial de libertad condicional… ¿lo habría hecho? ¿Alguien había descubierto el cartucho de *vape* que había olvidado que traía en el bolsillo y que había llevado a la escuela por accidente? (Y ni siquiera usaba esa cosa… los exámenes aleatorios de orina no eran poca cosa).

¿En cuántos problemas se iba a meter con Martel?

Para cuando llegó a la dirección, ya estaba preparando mentalmente lo que le iba a *decir* a Tel… si es que tenía oportunidad de hablar con él antes de que lo mandaran al centro de detención por violar su libertad condicional.

Tan perdido estaba en los preparativos que, al entrar y ver a su mamá, se cayó de nalgas.

Sobre todo porque ella estaba

llorando.

El director —un tipo negro de treinta y tantos con el que Quan no estaba muy familiarizado, tan dedicado estaba a *no* meterse en problemas— le ofreció una caja de pañuelos. Mamá agarró unos cuantos y se sonó.

A Quan no se le ocurría qué decir, así que el silencio más denso de su vida inundó el espacio, hasta que le costó respirar.

El silencio se alargó.

Se hizo espeso.

El director carraspeó (incómodo).

Quan tragó saliva.

—¿Mamá?

Entonces su mamá lo miró a los ojos.

Le empezó a temblar la barbilla y se levantó

y se lanzó a sus brazos.

A Quan le tomó un segundo entender y envolverla con las manos… tanto tiempo había pasado desde su último abrazo.

Mientras la abrazaba, su mamá pudo calmarse. Soltó una exhalación de alivio impregnada en un diluvio de tristeza temblorosa.

Entonces lo supo.

—Dwight…

Lo supo. Carajo, lo supo. En ese instante, Quan supo más de lo que podría confesar jamás.

Así que cerró los ojos. Esperó a que la bomba que le iba a tirar mamá chocara contra el suelo e hiciera estallar todo el piso que los sostenía.

Podría jurar que oyó el ***PUM*** cuando llegó.

—Dwight ha muerto.

Imagen:

Un chico solo
en una vieja
área de juegos
(2017)

El cohete ya no está.

Quan ya lo sabía, en teoría: había oído que alguien sufrió una sobredosis adentro y que lo descubrió un niño tan chiquito que creyó que estaba dormido.

Pero ver el hueco donde solía estar —sobre todo *ahora* que necesita un refugio más que nunca en la vida— le hace sentir que un hoyo similar se abre en su interior.

Bueno… otro. El hoyo de papá ya estaba. También el de la *inocencia infantil* ("Tengo un hoyo en mi interior donde debería estar mi infancia", le dijo una vez a Martel).

Ese hoyo se siente como un final. Como una puerta: cerrada, a triple candado y soldada para rematar. No hay forma de entrar de nuevo. No puede regresar al otro lado. La cuerda hacia su última pizca de esperanza en un futuro mejor, en el cumplimiento de algún potencial interior en el que no sabía que aún creía… en una manera de *SUBIR* y salir…

Ya no está.

Al igual que su manera de ir al espacio exterior imaginario.

Ni siquiera es que el tarado, que el muy Olaf de Dwight ya no esté. Quan no podría sentirse más aliviado por *eso*. Y sí se siente raro sentirse tan… contento. Tan agradecido. De que haya muerto alguien.

(Quan nunca se había sentido tan agradecido por *eso*).

Se deja caer en una banca cubierta de grafitis y mira a su alrededor. Recordando. Cuando la vida era —parecía— más sencilla. Cuando iba ahí a *jugar*. Cuando el piso de caucho no tenía hoyos y la resbaladilla de caracol no tenía insultos tallados en el plástico. Recuerda la noche en que conoció a Justyce McAllister, que ahora va a una escuela de blancos en el lado rico de la ciudad.

¿Cuándo fue la última vez que Justyce volvió a casa? ¿Seguirá creyendo que Wynwood Heights es su casa?

¿Alguna vez lo creyó? No es como que encajara… ¿Qué diría si supiera que ya no está el cohete?

Quan mira el columpio roto. Otra manera de volar inhabilitada.

Pero Justyce sí salió. Despegó. ¿Ahora será como su primo come-salmón-junto-al-río? (A quien Quan no ha visto y con quien no ha hablado desde entonces. #familia).

Quan baja la mirada. Sus ojos caen en una palabra tallada en una de las tablas de la banca, con letra de niño:

JODER

¿Qué se supone que hagan los chicos como *Quan*?

Se limpia los ojos húmedos y los dirige hacia el hoyo negro donde su refugio galáctico solía estar.

Dwight ha muerto.

Y Quan está ahí. Atrapado. Con los pies en la tierra.

Para siempre.

Sin salida.

Sin poder volar.

Sin poder despegar siquiera.

Porque la muerte de Dwight no fue accidental.

Fue planeada.

Mamá no lo sabe, por supuesto. Pero Quan sí.

Antes de ir a buscar su cohete, dejó a su madre en duelo y a sus hermanos —*medios* hermanos—… que ya no tenían papá, y fue a casa de Martel.

En cuanto se sentó, Martel dijo:

—¿Está bien tu mamá?

—No, viejo. La verdad que no —contestó Quan.

Martel asintió.

—Se le va a pasar.

Silencio.

Y entonces:

—Ojalá me hubieras dicho, Vernell.

—¿Eh?

—Me oíste bien —dijo Martel—. Debiste haberme dicho lo mal que estaba todo. ¿Cómo te voy a ayudar si no me cuentas?

"¿AYUDARME?", pensó Quan.

—Nadie debería vivir como ustedes estaban viviendo, viejo. Sobre todo no uno de *mis* muchachos.

Al oír eso, a Quan se le cayó la mandíbula. Oír que hablaban de él de esa manera le causó una emoción inesperada.

Pero Martel no había terminado.

—Toma.

Le extendió un sobre. Quan se asomó dentro.

Estaba lleno de dinero.

—Dáselo a tu ma. Debería alcanzarle para algunos meses. Con suerte, para entonces habrá sanado y encontrado trabajo. Solo dile que algunos miembros de la comunidad se enteraron de su pérdida y querían echarle una mano.

Quan no dijo una palabra. No podía.

—La próxima vez que tengas un problema, quiero enterarme por *ti*, no por Montrey. ¿Me entendiste?

Quan asintió.

—Oye, voltéame a ver.

Quan volteó. Deseando poder desviar la mirada.

—La seguridad de nuestros miembros y de sus familias es una de las máximas prioridades de esta organización. Cualquier persona o cosa que amenace esa seguridad, nosotros nos encargamos —dijo Martel con firmeza de acero en los ojos, en la voz, en los hombros cuadrados—. ¿Me entiendes?

Quan asintió de nuevo sin desviar la mirada.

—Sí, señor.

—Ahora, fuera de aquí. Estoy seguro de que a tu mamá le vendría bien que su chiquito esté en casa hoy.

Quan se levantó y caminó hacia la salida.

Entumecido.

Cuando tenía la mano en el picaporte, Martel habló de nuevo a sus espaldas:

—Oye, Vernell…

Quan miró por encima del hombro.

Martel lo estaba viendo con ojos de águila.

—¿No tienes nada más que decir?

—¿Eh?

Martel solo se le quedó mirando. Largo. Rato. Y cuando Quan empezó a sentir que tenía arañas caminándole bajo la piel, entendió. Bajó la mirada, pero se obligó a alzarla de nuevo.

Tragó saliva. Arrastró la palabra hacia su boca y la sacó con la lengua:

—Gracias.

Martel sonrió.

—Mucho mejor. ¿Nos vemos mañana en la Junta Matutina?

Una orden disfrazada de pregunta, que él contestó con una seña de la cabeza.

—Sí, señor.

—Excelente. Pórtate bien, ¿eh? Todo va a mejorar —dijo, antes de desaparecer hacia la sala.

Quan siente que todo es un chiste. "Pórtate bien".

Él se ha portado bien desde que salió. Ha hecho todo lo que debe. No se mete en problemas. No toma drogas ni alcohol ni se salta la escuela ni baja sus calificaciones.

Pero ¿en cuanto a lo demás? Al mirar a su alrededor, Quan *sabe* que su vida ha sufrido la misma suerte que los juegos del parque: antes era brillante y saltarina y estaba llena de maneras de alzar el vuelo (tanto reales como imaginarias), y ahora está desgastada y rota. Sin esperanzas.

Ahora no tiene a dónde huir. No tiene dónde esconderse.

Quan mira la grosería mal escrita otra vez.

Así se siente.

JODido

Porque su cohete ya no está.

Ya no tiene escapatoria.

No hay forma de salir.

7

Desastre

Se suponía que iba a ser una entrega rápida. De hecho, Quan estaba *decidido* a que fuera rápida, porque tenía algo importante a lo que volver: mientras registraba el clóset de la sala, mamá había encontrado un montón de basura de Dwight.

Adentro había una caja de zapatos desvencijada.

Dentro de la caja había una pila de sobres de manila.

Dentro de los sobres de manila…

había cartas.

De papá.

Como más de cien.

Durante un tiempo, papá había escrito una vez a la semana. Luego, cada dos. Luego, una vez al mes.

La primera carta era de abril de 2012: cuatro meses después de su arresto, justo después de que lo sentenciaron y lo transfirieron a las instalaciones de máxima seguridad de Reidsville, Georgia.

La última tenía fecha del 27 de septiembre de 2016.

Papá le había escrito a Quan durante cuatro *AÑOS*. Sin tregua.

Y el idiota de Dwight *escondió* sus cartas (que su alma fraudulenta y diabólica se retuerza por toda la eternidad. Entre culebras).

Nunca lo va a admitir, pero lloró al leer la primera.

En fin, el plan era:

1. Completar ese encargo sencillo, que consistía en:
   a. A la hora predeterminada, recoger la bolsa de cuero negro, llena de pagos, que había dejado el cliente más importante de la Jihad Negra en el lugar de siempre: en el buzón de una casa que tenía Martel. Resulta que también era dueño de la casa donde dormía Trey cuando no estaba con su chica. Era dueño de bastantes casas en el barrio.
   b. Contar el contenido y
   c. Entregarle la bolsa a Martel.

Lo dicho: sencillo.

Luego, al terminar, planeaba:

2. Ir directo a casa para seguir leyendo sus cartas, tomando notas para responder de tal manera que papá supiera que había leído todas.
   a. y.
   b. cada.
   c. una.

Sentía que era medio cursi, pero qué más daba: darse cuenta de que papá había intentado mantenerse en contacto con él lo hacía sentir… ni siquiera podía expresarlo.

La recogida y el conteo avanzaron según el plan. Un alivio. Quan aguantaba el aliento con cada billete que pasaba entre sus dedos, esperando sin confesarlo que faltara alguno. Ahora que lo pensaba, eso era común en él: suponer que *algo* iba a salir mal cuando de verdad necesitaba que *todo* ocurriera sin incidentes.

Pero estaba todo.

La entrega fue lo que salió mal.

Martel estaba celebrando su cumpleaños. Como un mes antes, lo habían detenido mientras conducía en Alabama y, como cruzar una frontera estatal era una violación de su libertad condicional, había sido sentenciado a doce meses de arresto domiciliario. Así que llevó la fiesta a él.

Llevaba como hora y media de iniciada cuando llegó Quan. La música era fuerte (Quan no lograba discernir de dónde venía) y había gente por doquier: en el patio de enfrente, en el porche, en el parqueo. Quan tuvo que esquivar y escabullirse bastante para llegar a la puerta.

Todo estuvo bien al principio. Martel lo vio entrar y lo llamó a donde estaba reclinado en un asiento redondo de bambú *nuevo*, con un cojín gigante que parecía envuelto en *dashiki*. Quan hasta se sacó el sobre del bolsillo frontal de la sudadera al cruzar la sala —había menos ruido y menos gente *dentro* de la casa, gracias a Dios—, para entregarlo y largarse.

Pero Martel claramente se había tomado una copita o dos (era su cumple). Y andaba parlanchín.

—¡Miren nada más, mi contador favorito! —graznó al verlo acercarse—. Todo en orden, ¿supongo?

Quan asintió y le entregó el paquete.

—Sep.

—¿Y tú cómo estás? ¿Todo *cool*?

Quan asintió de nuevo.

—Todo muy *cool*.

—Oye, hablando de *cool*, ¡mira mi nueva silla *papa-san*!

Martel pasó las manos con cariño por el borde del enorme mueble de *kente*.

Quan sonrió de verdad. Era raro ver a Martel tan emocionado por algo tan sencillo.

—Está tremenda, Tel.

—¿Cómo está tu ma? ¿Todo bien?

Quan de verdad quería irse. Se metió las manos a los bolsillos y se meció sobre los talones.

—¡Está genial!

—¿Seguro que estás bien? —La expresión de Martel cambió un poco. Como si se le hubiera fugado un poco de alegría—. Parece que traes prisa…

Y entonces irrumpió Brad en la sala. El *grill* en sus dientes inferiores refulgía y traía el pelo rubio recogido en un chonguito raro encima de la cabeza.

—Ey, Tel, acaba de pasar un carro policía.

Todo el cuerpo de Quan quedó frío. Si los policías habían pasado por ahí, era muy probable que volvieran. Con el ruido de la música y quién sabe cuánta gente "vagando" por la casa,

Quan estaba seguro de que estaban violando alguna norma desconocida de cuya existencia se enterarían cuando les levantaran cargos inventados.

Trató de mantener su respiración bajo control. Desde la muerte de Dwight, Quan había estado teniendo… pasmos. De pronto le costaba muchísimo trabajo respirar y estaba completa, absolutamente seguro de que algo horrible estaba a punto de pasar. Como que los policías tirarían a patadas la puerta y lo pescarían como habían agarrado a papá hacía tantos años. Lo inculparían por el asesinato de Dwight y le darían la pena de muerte sin juicio previo.

Miró a su alrededor, buscando la salida más fácil.

Martel entornó los ojos.

—¿Ya se empezó a dispersar la gente?

—Sí —dijo Brad con asentimientos rápidos que hacían que se le bamboleara el chonguito. Quan casi se ríe.

Casi.

—Bien —dijo Martel—. Diles a algunos de los nuestros que entren, y tú y Montrey vayan por DeMarcus y apóstense junto a la troca. Si regresan, lo más probable es que bloqueen el acceso.

Brad asintió, solo una vez.

—*Cool.*

—Vernell, tú vas con Bradley.

—¿Eh?

La palabra (¿contará como palabra?) se le salió de la boca antes de lograrla retener.

Y si las miradas de verdad pudieran fulminar, como había leído Quan en algunos libros, estaría más achicharrado que una brocheta olvidada al fuego.

—De verdad tenemos que eliminar eso de tu vocabulario, Vernell.

—Perdón, perdón —dijo Quan, mientras despertaba y corría detrás de Brad.

Con cada paso que daba, la bola de angustia que se le había formado en el estómago en cuanto oyó "policía" (hasta le estaban dando gases) se expandió y se expandió, y para cuando él y Brad llegaron con Trey y algunos más que estaban junto a la Range Rover de Martel en el acceso, podría haber jurado que le había dado migraña, acidez, chorrillo y calambres en ambas piernas.

Algo malo estaba a punto de ocurrir. Lo sabía.

Brad le dio el mensaje de Martel a Trey, quien mandó a algunos chicos a despejar a la gente que quedaba en el patio delantero. Algunos se fueron y otros se pasaron al de atrás.

Entonces, Trey abrió la cajuela de la troca y se sentó ahí, con las piernas colgando por el borde.

—Brad, ve al flanco izquierdo. Quan, tú vas por la derecha. Mar, tú te quedas conmigo.

Mar. Ese era DeMarcus Johnson, el excompañero de Quan que había sido expulsado de la secundaria porque no lograba controlar su ira. Se había unido a la Jihad Negra cuatro meses antes y ahora Quan *sabía* que algo malo estaba a punto de ocurrir. Mar trataba su pistola como si fueran calzones limpios: nunca salía de casa sin ella.

En ese preciso instante, Quan lo vio acomodársela en la cintura. Algo que ahora sabía y que no sabía en la secundaria: el papá de Mar había sido asesinado a tiros por un policía que lo orilló por una violación de tránsito… y él estaba adentro del auto.

Le DIJO al tipo que traía un arma y que tenía licencia para portarla. Lo oí con mis dos orejas, bro. *Luego dijo EN VOZ ALTA que iba a sacar su cartera del bolsillo. Lo DIJO. El policía jaló el gatillo en cuanto Pa movió la mano. NUNCA lo voy a olvidar.*

(Entonces la expresión de Mar se ponía dura como granito y buscaba inconscientemente con la mano la cacha del fierro que vivía adentro de sus pantalones).

(A ese oficial le levantaron cargos y fue a juicio, pero lo exculparon).

(Por el "problema de ira" que Mar demostraba en la escuela

—**a partir** del incidente—

lo consideraron no apto para testificar).

Trey también revisó *su* arma.

Lo que hizo que Quan sintiera comezón en el tobillo. Porque él llevaba su minúscula calibre .22 metida en el calcetín. Solo la cargaba porque había tenido que ir a recoger ese maldito dinero.

—Allá van —dijo Mar cuando la nariz de la patrulla apareció en la esquina.

—Te dije que iban a volver —le dijo Trey a Brad—. Así que dame mi dinero.

Brad metió la mano en el bolsillo y estrelló un verde en la palma de Trey.

—¡Carajo! —dijo.

La patrulla se mantuvo pegada a la derecha y avanzó lentamente hacia ellos.

—Todos en sus posiciones —dijo Trey.

El corazón de Quan se aceleró. Casi como un redoble interno que llevara a un ***BANG*** de platillos devastador.

Como había predicho Tel, la patrulla se orilló en el borde mismo del acceso

y se detuvo.

(Lo que significa que se estacionaron en sentido contrario. Muy osados).

Entonces se abrieron las puertas. Y se bajaron dos oficiales.

Y la consciencia de Quan se separó de su cuerpo. O algo. Lo único que sabe es que de pronto sintió como si estuviera viendo una película:

EL FIN

un cortometraje

Protagonizado por:

Oficial Garrett Tison: Blanco, pelo entrecano, de mediana edad, panzón, se ve que hace rato debió jubilarse.

Oficial Tomás "Tommy" Castillo: Parece blanco, de treinta y tantos, corte militar, musculoso e hinchado y listo para combatir el crimen.

Montrey David Filly: Afroamericano, de dieciocho años, alto y delgado, rastas a los hombros y muy poco control de sus impulsos.

Bradley Craig Mathers: Blanco, de diecisiete años, chonguito rubio, grill dorado que dice BRAD en sus dientes inferiores.

Martel Montgomery: Afroamericano, de treinta años, alto, atlético y corte difuminado, apariencia confiada/cool.

Vernell LaQuan Banks Jr.: Afroamericano, de dieciséis años, espectador (más o menos).

Ambientación:

EXTERIOR: La entrada y el patio delantero de la casa de Martel Montgomery. Noche.

Tras salir de su vehículo, los dos oficiales, con las manos en sus cinturones de servicio, cerca de sus armas, se acercan al grupo de muchachos reunidos en la entrada, alrededor de una SUV de lujo seminueva.

TISON

Buenas noches, muchachos.

TREY

¿Qué onda, oficiales?

TISON

Lamentamos interrumpir su noche, pero recibimos una queja sobre el nivel del ruido.

BRAD

Déjenme adivinar: los vecinos Barbie y Ken llamaron porque nadie los invitó al asado.

Todos los muchachos se ríen. Castillo se lleva la mano por instinto al mango de su pistola enfundada.

BRAD (CONT.)

(alzando las manos)

Tranquilo, oficial. Era broma.

TREY

(a los demás muchachos)

Alguien vaya a avisarle a Martel que llegaron los policías.

Quan trota hacia la casa —incómodo por la pistolita que se frota contra su tobillo— y desaparece dentro. Castillo, con la mano aún en el arma, mide a cada muchacho.

Unas cuantas personas salen de la casa y se van a pie antes de que MARTEL MONTGOMERY salga al porche, con las manos en los bolsillos y un pequeño grupo de muchachos afroamericanos detrás.

Quan regresa con el grupo en la SUV (aunque no tenga idea de por qué y no recuerde haberlo hecho).

MARTEL

(gritando)

¿Hay algo que pueda hacer por ustedes, oficiales?

TISON

Necesito que mantenga las manos donde pueda verlas.

Martel sonríe burlón, saca las manos de los bolsillos y las alza.

MARTEL

Usted disculpe.

TISON

¿Es usted el dueño de esta casa?

MARTEL

Así es.

TISON

¿Le, eh…

(hace una pausa mientras mira a su alrededor)

… le molestaría si hablamos?

MARTEL

Con gusto, pero…

Martel toma la pierna derecha de sus pantalones y Tison se petrifica, con la mano flotando sobre su arma. Detrás de él, Castillo pasa a posición de disparo, con el arma desenfundada y apuntando a Martel, quien se levanta el pantalón para revelar su tobillera.

MARTEL (CONT.)

No puedo bajar del porche.

Tison exhala y se relaja.

TISON

Está bien, nosotros vamos para allá.

MARTEL

No hay problema. Pero le agradecería que su compañero bajara el arma antes de acercarse a mi casa.

Tison voltea hacia atrás de golpe.

TISON

(susurrando)

¡Baja la maldita arma!

CASTILLO

¿Seguro que confía en estos imbéciles?

TISON

Que confíe en ellos o no es irrelevante, muchacho. Ellos son doce y nosotros somos dos. Bájala.

CASTILLO

Sin faltarle al respeto, señor, no creo que sea buena idea.

TISON

(a Martel)

Un momento, por favor.

Martel asiente y se cruza de brazos.

Quan definitivamente no está respirando. La comezón en su tobillo se convierte en ardor cuando sus ojos trazan el trayecto que va del cañón de la pistola de Castillo hasta su objetivo: el único hombre que ha estado a su lado y se ha esforzado por mantenerlo a salvo y en algo parecido a un camino recto.

Quan le da un tironcito a su pantalón sin pensarlo.

TISON (CONT.)

(persuasivo, a Castillo)

Tommy, sé que estás asustado, pero tienes que bajar el arma antes de que las cosas se salgan de control.

CASTILLO

Lo siento, señor, pero no puedo. Sé de lo que son capaces los tipos como ell…

Se produce un movimiento repentino junto a la Range Rover y Castillo gira a la derecha con el arma aún extendida.

BANG

BANG

TREY

(agachándose)

¿Qué caraj…?

BANG

CORTE A NEGRO

Quan parpadeó.

Le zumbaban los oídos. Oyó gritos.

Y palabrotas.

Parpadeó.

Alguien golpeó sus brazos, que se percató que los tenía extendidos al frente.

Parpadeó.

La cabeza le daba vueltas y sintió una fuerte punzada en la sien mientras el zumbido se difuminaba y la luz cegadora de la sirena de la patrulla terminaba de enfocarse.

¿Cuándo habían encendido eso?

—¿*Bro,* tenemos que IRNOS! —dijo alguien mientras lo agarraba del brazo y lo jalaba **fuerte.**

Entonces Quan vio el cuerpo en el piso. Bocabajo. Vestido de azul. Corte militar. Musculoso.

Pero ya no estaba hinchado.

Una mancha oscura se expandía en el pasto bajo su torso.

—¡Quan, VÁMONOS!

Entonces Quan vio la pistola en su propia mano.

Y la tiró.

Y permitió que lo jalaran para salir

corriendo.

10 de septiembre de 2017

Querido papá:

No sé muy bien cómo empezar esta carta. Ya llevo cinco intentos y no logro encontrar las palabras correctas.

Parte del problema es que tengo demasiado que escribir. Han pasado muchas cosas desde aquella noche en que te llevaron y ponerte al tanto de todo requeriría una cantidad de tiempo que no estoy seguro de tener.

Esto diré: recibí TUS cartas... las 104. Leí todas y cada una, y ahora te debo una disculpa. Quizá ese sea el mejor comienzo.

Lo siento, papá. Por no escribirte antes. No es que hubiera podido contestar las cartas que tú me mandaste; por razones completamente fuera de mi control, solo obtuve acceso a ellas hace unos días, casi un año entero luego de que dejaras de escribir. Pero eso dice mucho, ¿no? Lo supiera o no, me escribiste de forma consistente durante más de cuatro años sin recibir respuesta nunca.

Yo podría haber hecho lo mismo.

También quiero disculparme por creer que me habías dado por perdido. Cuando llegué a las últimas cartas que me escribiste y me di cuenta de que tú tenías la impresión de que YO te había dado por perdido a TI... no sé. Como que me apuñaló el corazón un poquito.

Te voy a decir la verdad, papá: nunca he sentido que tenga mucho... poder, supongo. Pero al leer esa última carta tuya... La parte en la que dices que sabes que has cometido errores y no me culparías por "querer fingir que no exist(es)", pero que esperas que nunca olvide que me quieres "y siempre querr(ás) solo lo mejor" para mí... Uf. Eso sí que me hizo sentir cosas.

No sabía que podía hacerte sentir así, papá. Suena todo al revés. Tú eres el papá y yo soy el hijo. ¿Supongo que pensé que mis sentimientos por ti no importaban porque tú eres el de la autoridad? No sé cómo explicarlo.

Quiero dejarte algo claro (aunque me sienta raro escribiéndolo): papá, yo NUNCA podría olvidarte y NUNCA hubiera querido fingir que no existes. Y perdón por haberte hecho sentir así.

Todo está jodido. Todo.

Lo que me lleva a mi última disculpa: te fallé, papá. No logré convertirme en lo que tú creías que podía ser. Me he metido en muchos problemas en estos años y estoy en problemas ahora.

Es demasiado para explicártelo ahora, pero luego de que te llevaran, empezaron a pasar una cosa mala tras otra. Tus cartas estaban escondidas por una de esas cosas malas. Y la persona que me las escondió ya no está con nosotros (que es otra cosa medio mala que quizá haya llevado a una definitivamente mala).

En fin, sin ti, no tenía a nadie en mi esquina. Sé que suena a pretexto, pero es la verdad. Mamá tenía sus cosas y mi maestra favorita se fue, y parecía que sin importar cuánto me esforzara por INTENTARLO, nunca funcionaba. Y de verdad lo intenté. Necesito que me creas.

No quiero pensar mucho en eso porque no hay nada que hacer ahora y eso me da mucha rabia... pero no puedo evitar preguntarme cuánto habrían cambiado las cosas si me hubieran llegado tus cartas cuando me las mandaste. Sinceramente, lloré al leer que creías en mí y que asumías la responsabilidad por tus actos, pero que sabías que yo tenía otro camino por delante. Que "pensar en todas las cosas maravillosas" que yo haría era lo que te mantenía inspirado.

Papá, si lo hubiera sabido, habría... no sé. Tal vez habría...

Ni siquiera lo puedo escribir.

Ya no importa. Elegí mi camino. Aunque, aquí entre nos —y te prometo que no estoy poniendo pretextos— no creo que haya habido otro camino para alguien como yo. Igual que quizá no había otro para alguien como tú. Así son las cosas, ¿no?

Es probable que me lleven por un largo tiempo, pero no hubiera podido vivir tranquilo sin decirte que te quiero y que nunca te daré por perdido, papá. Hay una parte de mí que siente que debería estar enojado contigo por no estar, pero... no lo estoy. Sobre todo ahora que sé que me estuviste escribiendo todo este tiempo.

Solo quiero decir gracias. Por tus palabras. Aunque no las leyera hasta que fuera demasiado tarde.

¿Sabes qué? Olvida eso último. Todavía no es demasiado tarde. Tus cartas me recordaron mi poder y ahora sé lo que tengo que hacer.

Te quiero, papá. Mantente en pie, ¿sí?

Un día nos volveremos a encontrar. Espero.

Tu hijo,

Jr.

24 de abril

Querido Justyce:

Óyeme, inútil, tenías UN MONTÓN de preguntas en esa última carta. Lo más loco de todo es que Doc y Liberty (está buenísima, hermano. No soy religioso, pero DIOS MÍO) me han estado preguntando lo mismo... así que te tengo algunas respuestas.

Pero antes de entrar en todo ESO, también te tengo noticias: aquí tu *brother* está a tres semanas y media de graduarse de la secundaria. Me van a poner toga y birrete y toda la cosa (encima del uniforme de preso, pero bueno).

Me emociono de solo pensarlo. Digo, sí estoy contento... pero también furioso. Y hasta triste.

Qué raro verme escribir eso, ¿no?, poniéndome en contacto con mis sentimientos y eso. Hace unas semanas estaba muy cansado, me distraje y le conté a Doc de los episodios que tengo a veces. Él le dijo algo a alguien de por aquí y cuando me di cuenta me habían asignado una nueva terapeuta. Una señora negra que se llama Tay —por Octavia, pero me dijo que no le dijera así (la entiendo)—. Tiene un desteñido rubio que me hace querer ir a la barbería y quizá sea la mujer adulta más *cool* que he conocido en mi vida..., aunque he de admitir que me tomó un rato agarrarle cariño. Es MUCHO más fácil hablar con ella que con Agnes, la señora blanca de mediana edad y demasiado entusiasta con la que me tenían antes. NUNCA hablaba con esa cabrona desconectada del mundo.

Volviendo al punto: Tay dice que está bastante segura de que he estado teniendo "ataques de pánico" (que suena bien violento, ¿no?) y que tengo eso mismo del TPEP que recuerdo que me contaste que te dio. Pensé que eso solo daba por estar en el ejército e ir a la guerra, pero parece que muchas de las cosas que me pasaron de niño cuentan como "trauma" y mi cerebro ha creado estas... reacciones a cualquier cosa que me recuerde esos sucesos traumáticos. Ella los llama "detonantes", y sí, son detonantes (de los psicológicos de los que ella habla), así que yo les digo chispas.

Y he estado escribiendo sobre las chispas.

Muchas de mis chispas actuales están relacionadas con la noche de la que me preguntaste (aunque definitivamente tengo algunas VIEJÍSIMAS... como de cuando arrestaron a mi papá). Y mientras más pienso y hablo de eso, más me frustro. Doc me presiona DURO con lo académico. Y es medio raro, pero que crea que PODRÍA "escribir un ensayo argumentativo convincente que apoye o refute el uso de Matar un ruiseñor de Harper Lee, como texto seminal sobre el racismo en los Estados Unidos" me hizo querer demostrarle que tiene razón. Y LUEGO, cada vez que SÍ se lo demuestro, me entrega algo con un garabato que dice ¡Fantástico!" (*bro*, ¿¿cómo le hacías para leer su letra??), y me siento bien por unos cinco minutos...

Pero entonces suena la alarma para dejar entrar o salir a un guardia, o se cierra la puerta de una celda, o de pronto veo todo el fierro y el concreto. Y este lugar en el que estoy —donde probablemente ESTARÉ un rato muy, muy largo— me pega. Duro.

Supongo que no me di cuenta de qué diferente es que alguien de verdad crea en ti. He estado pensando mucho en Trey y Mar y Brad y ellos. Todos buscábamos lo mismo, viejo: apoyo, protección, familia, esas cosas. Y encontramos UN POCO entre nosotros, pero en realidad no podíamos alentarnos a hacer nada BUENO porque nadie nos estaba alentando a NOSOTROS. De hecho, lo normal era lo contrario. Que la gente nos dijera lo "malos" que éramos. Que todo el tiempo nos vieran como si esperaran lo peor de nosotros.

¿Cómo rayos se supone que alguien dé algo que no ha tenido nunca?

¿Desearía haber tenido más gente que me señalara lo bueno que había en mí cuando se llevaron a mi papá? ¿Que NOSOTROS, todos los de mi banda, hubiéramos tenido eso? Sí. Tal vez no estaría aquí metido en el pabellón número tres, contándote todo en esta carta.

Es muy probable que si hubiéramos tenido el tipo de apoyo que tuviste tú —gente como Doc, por ejemplo, que nos dijera que de verdad podíamos hacer cosas y ser alguien, y que lo creyera—, ninguno de nosotros habría estado en casa de Tel aquella noche.

Lo que me lleva a tu pregunta principal: ¿qué fue lo que pasó la noche en que enfriaron a Tomás Castillo?

Bueno, para serte honesto, muchos detalles se me pierden. Cuando trato de recordarlo EN SERIO, que es algo que Tay siempre trata de empujarme a hacer, tengo flashazos vívidos mezclados con franjas de negro.

Quizá eso no tenga sentido para tu cabeza hiperlógica de Ivy League.

Pero diré esto: a pesar de mis vagos recuerdos de lo que sucedió aquella noche, dos cosas SÍ te puedo decir:

Primera: en NINGUNA circunstancia podía considerarse defensa propia. Castillo no solo tenía el arma desenfundada, sino que estaba apuntando. Cuando estaba leyendo la carta en la que me contaste los detalles de tu encuentro con él, estaba negando con la cabeza todo el tiempo, porque definitivamente tuvimos que lidiar con la misma mierda. Llegó TAN seguro de que todo se iba a ir al carajo que básicamente forzó las cosas para que se fueran, ¿entiendes?

En uno de mis flashazos, tiene la pistola apuntada hacia Martel. No podía oír mucho porque había un rugido en mis oídos como si estuviera parado junto a un avión, una sensación de pánico puro e incontrolable. No recuerdo sacar mi arma, pero cuando me di cuenta, la Glock de 9mm de Castillo venía hacia NOSOTROS.

Ahora, según el Código GA O.C.G.A. Sec. 16-3-21(a) —lo busqué y me lo aprendí de memoria—, "una persona está justificada a amenazar o usar la fuerza contra otra cuando y en la medida en que crea razonablemente que tal amenaza o fuerza es necesaria para defenderse a sí misma o a un tercero contra el uso inminente de fuerza ilegal por parte de esa persona".

El hecho de que hubiera un policía involucrado lo complica todo, obviamente, y mi abogado no cree que lleguemos muy lejos con ese argumento "tomando en cuenta el historial de los jóvenes que llamaremos como testigos" (sus palabras exactas, precisamente la clase de mierda de la que estoy hablando, pero bueno).

Ten por seguro que voy a usar eso en el tribunal. Lo que SÍ puedo hacer es defender mis malditos principios. Eso NADIE me lo puede quitar. Las cosas salieron como salieron y yo tomé la decisión que tomé. Sé que porque había un oficial de policía involucrado y yo tengo historial, el caso ya está cerrado.

Pero no voy a caer sin luchar aunque sea un poco. Porque esa es la segunda cosa que sé por seguro: yo no soy el único que sacó una pistola esa noche. De hecho, no solo hubo una, sino TRES otras personas que las desenfundaron.

Sí, sentí que tenía una deuda por algunas cosas que hicieron para garantizar la seguridad y el bienestar de mi familia. Así que yo asumí los cargos. Ese interrogatorio fue lo peor que me ha pasado en la vida, por cierto. Nunca quiero pasar por algo así otra vez.

Creo que te dije antes que Doc me preguntó si era un asesino. En ese entonces no le pude contestar, pero ahora sí.

Así que quiero que Tú lo sepas, aunque nadie fuera de mi círculo inmediato lo vaya a saber nunca (¿verdad?): la respuesta es no.

No soy un asesino.

Saqué mi arma, pero nunca disparé.

Yo no fui el que mató a Tomás Castillo.

Q

SEGUNDA PARTE

Apenas empezamos

Imagen:

Una posdata (en el presente)

P. D.

No te voy a decir quién fue.

Así que ni me preguntes.

Imagen:

Dos chicos
y una chica en un auto
(en el presente)

Justyce McAllister tiene muchas cosas en la cabeza durante el trayecto de casi trece horas de regreso de Nueva York a Georgia.

Piensa en los finales, obviamente. *Cree* que le fue muy bien en todo, aunque esa última pregunta de "respuesta corta" en el examen de ética era sospechosa. *Sabe* que le fue mejor que a Rosie el Roomie Racista en el final de Cálculo II: el tipo le aventó su examen al profesor a la cara al salir del salón y seguía furioso por "esa mierda de examen de Cálculo II" mientras empacaba para irse.

Y esa es otra cosa: si bien a Jus definitivamente no le entristeció ver la espalda de Roosevelt Carother mientras salía por última vez de su espacio compartido, fue raro darse cuenta de que era posible que no volviera a verlo en su vida.

Lo raro es que Justyce hasta empezó a sentir lástima por su *roomie*, nomás un poquito. Sí, Roosevelt es de una familia de mucho dinero y más o menos tiene el mundo entero a su alcance, pero es el tipo más infeliz que ha conocido en su vida. Ahora piensa que no tiene caso tener acceso a básicamente todo si nada te va a satisfacer. Mientras más tiempo pasaba cerca de él, más cuenta se daba Jus de lo triste y lastimera que era su vida.

La de él, sin embargo, es rica y plena. Se unió a la AENY (la Alianza de Estudiantes Negros en Yale) y fue uno de los ocho alumnos de primer año seleccionados para el nuevo grupo de la Asociación de Debate de Yale. Encontró a su gente, tiene calificaciones sólidas y su relación a larga distancia con la mejor chica judía del mundo va... pues, bien.

Es desconcertante, piensa mientras los árboles pasan en un borrón cerca de la frontera entre las dos Carolinas. Su primer año en Yale terminó y lo pasó sin muchos líos personales que reportar.

Y sí que se reportó. No le escribió a su mamá —para eso tiene teléfono—, sino a Quan Banks.

Compañero de juegos en la infancia (*1... 2... 3... ¡DESPEGUE!*).

Inteligente como él (aunque Quan no parecía querer que nadie lo supiera).

El opuesto total del rico e insatisfecho Roosevelt.

Por una corazonada, Jus decidió revisar su buzón una última vez antes de salir del campus y encontró una carta que debió haberse perdido un rato en el sistema de correos: había sido enviada más de dos semanas antes.

¿Y el contenido de esa carta?

Todavía lo tiene impactado.

Algo se remueve en el asiento de atrás. Luego un quejido. Y un bostezo demasiado alto.

—¿Ya llegamos?

—Guácala, ¿por qué habla esa cosa? —llega una segunda voz amodorrada desde el asiento del copiloto. Esa le lleva una sonrisa a la boca. Y lo hace negar con la cabeza.

—¡Ayy, SJ! ¡A mí también me emociona estar contigo!

Jared Christensen le pone una mano en el hombro a Sarah-Jane Friedman… y la quita rápido cuando ella se la hace polvo.

—¡Auch! ¡Santo Dios!

—No se toca.

—¡Ay, por favor, amiga! ¿No podemos hacer las paces? No es como que te puedas librar de mí. Estoy seguro de que J-Man ya te dijo que vamos a ser *roomies* el año que entra…

—Una decisión que sigo cuestionando —dice dedicándole a Justyce una de esas miradas de soslayo capaces de cortar cristal.

Nunca se lo diría, pero a Jus como que le encanta cuando lo mira así.

—Ay, no es tan malo, nena.

Le guiña el ojo y la toma de la mano.

—¡Exacto! —grita Jared—. ¡He cambiado!

—Cambiado, mi abuela —dice SJ quitándose la mano de Justyce también. Se cruza de brazos y mira por la ventana—. Sigo sin creer que hayas decidido darle *ride* a don Imbécil.

—Estoy literalmente aquí atrás…

—Sí, bueno, no deberías. *Mi* novio no debería cargar con la responsabilidad de llevarte a casa sano y salvo.

—"Cargar con la responsabilidad" suena un *poquito* fuerte…

—Bueno, pues así son las cosas. Todos sabemos contra quién se iría Daddy Christensen si algo te pasara en este coche.

—Nena, *cálmate* —dice Justyce, tratando sobre todo de cortar la tensión en el aire.

Porque… pues, tiene razón. No es como si Justyce no lo SUPIERA. Jared seguro lo sabe también, porque ni siquiera trata de negarlo.

Y ahora, algo que ha tratado de mantener *fuera* de su cabeza repta hasta el frente de su atención: su reciente amistad con Jared Christensen.

Fiel a su palabra, tras su encuentro fortuito en la tumba del mejor amigo de ambos, Manny Rivers, Jus se puso en contacto con Jared cuando volvieron a la escuela.

Y para pesar de SJ, han sido uña y mugre desde entonces. Sinceramente, tener un poco de su hogar al alcance le ha venido bien, tomando en cuenta que las dos personas que más le importan en el mundo —mamá y SJ— son gente que no puede ver tan seguido como le gustaría. Y si bien Jared definitivamente tiene mucho camino por delante, lo está haciendo mejor. De hecho, si Jus tuviera un dólar por cada vez que dice: "*Bro*, avísame si tengo que revisar mis privilegios, pero…", seguramente podría cubrir su colegiatura del siguiente semestre.

Jus le echa una miradita a Jared por el retrovisor —está asomado por la ventana con la mandíbula apretada— y luego mira su muñeca, donde encuentra la esfera de un reloj que se suponía que heredaría aquel amigo que él y Jared perdieron. Jus no puede evitar pensar que Manny estaría feliz de ver que las rencillas entre Justyce y Jared quedaron aplastadas, asadas en término medio en una de esas parrillas Big Green Egg que parecen gustarles tanto a los blancos.

—Lo estás fomentando, Justyce —continúa SJ, y el pensamiento se esfuma.

—¿*Fomentándome*? —dice Jared.

SJ se gira bruscamente, tan furiosa que Jus se siente tentado a bajar todas las ventanas para que su ira pueda volar libre.

—Sí, tarado —escupe—. Vamos paso por paso, ¿sale? ¿Por qué estás aquí?

—¿Eh?

—*Aquí*. En ESTE coche y no en el tuyo.

Jared no contesta.

—Correcto. Te suspendieron la licencia. ¿Por qué?

—Por favor, S…

—Cállate, Jus. Entiendo que ahora se lleven bien, pero que esté aquí ahorita no está nada *cool*.

—Mira, este es el coche de J-Man. Él puede llevar a quien quiera…

—¡Deja de decirle así! —rabia SJ—. ¡Se llama *Justyce* y el hecho de que esté llevando a su casa a un inútil como TÚ, que la regó como TÚ la regaste, pisotea el concepto en cuyo honor lo bautizaron!

—SJ, yo me *ofrecí* a llevarlo —dice Justyce—. Haces parecer como si me hubieran obligado o como si fuera un encargo.

Ahora SJ le dedica a él los rayos láser de su ira.

—Claramente *todos* necesitamos que nos lo recuerden: Jared Peter Christensen está *aquí* porque le dieron un DUI. Que ya es malo por sí solo, pero hay algo más, ¿no? No solo intentó *huir* de la policía. —Voltea a ver a Jared—. No llegaste muy lejos, ¿verdad, parrandero? Estabas tan borracho que ni podías tenerte en pie. —Regresa la mirada a Justyce para el gran final—. ¡Traía una bolsa de hierba en el bolsillo!

—La marihuana está descriminalizada en Connecticut —dice Jared.

—¿Y QUÉ? ¡SIGUE SIENDO ILEGAL! —dice SJ, imparable—. ¡*Sobre todo* si juntas la hierba con conducir borracho siendo menor de edad! Si Justyce (¡o cualquier otro afroamericano!) hubiera hecho lo que tú hiciste, estaría en la *cárcel*. ¡Hasta podría estar muerto, caray! Pero ¿tú? Ni siquiera te esposaron, ¿verdad?

Silencio en el asiento trasero.

También en el del piloto. Jus mentiría si dijera que no ha pensado todo lo que está diciendo SJ.

—Por supuesto que no. Fuiste a la estación de policía con las manos libres, ¿verdad? Yo sé que sí.

Otro vistazo por el retrovisor le indica a Jus que las palabras de SJ están afectando a Jared. Lo que ella no sabe es que Jared *sí* ha pensado en todo lo que le está diciendo. Se quebró frente a Justyce (sollozando como un bebote rubicundo) hace apenas unas semanas por eso.

—Papá Christensen se presenta con el abogado de la familia y *puf*: lo que debía haber sido un delito menor resultó ser un golpe leve en la muñeca. No te dejan conducir tu Be Eme unos meses, qué mal. —Niega con la cabeza otra vez y se cruza de brazos—. ¿Nunca quieres sufrir las consecuencias de tus actos? Sé un hombre blanco heterosexual. Esa es la llave de la felicidad.

—Quan no lo hizo.

Jus no tiene *idea* de por qué lo dijo en voz alta. De hecho, ahora que salió de su boca, está seguro de que no tenía que decírselo a nadie. *Sobre todo* no a su novia judía de clase media alta y a un blanco billetudo exnegacionista del racismo sistémico. ¿Qué rayos le pasa?

Pero es demasiado tarde. Los dos lo están mirando.

—¿Eh? —dice Jared mientras SJ suelta:

—¿Qué?

—Es inocente.

—¿Cómo sabes? —pregunta SJ.

—Él me lo dijo. En su última carta.

Tanto SJ como Jared saben de las cartas de Quan, aunque nunca les ha contado lo que dicen. Hasta ahora, al parecer.

—¿Y le crees? —pregunta Jared.

SJ se voltea *por completo*. Jus no le alcanza a ver la cara, pero la expresión que trae hace que Jared literalmente alce las manos.

—¡Es una pregunta legítima!

—Claro que *no*, hijo de tu privilegiada ma…

—Sí le creo —dice Justyce—. No lo habría dicho si no le creyera.

—¿Ves? —dice SJ mientras regresa la mirada al frente—. Idiota.

—Lo siento, Justyce. No estaba pensando…

—¿Y qué hay de nuevo?

Se sientan en un silencio nervioso durante un minuto hasta que Jared dice:

—Disculpa si mi siguiente pregunta está demasiado arraigada en privilegios. —Otro dólar para Justyce—. Pero, si Quan no fue, ¿qué hace en la cárcel?

—Es complicado —contesta Justyce.

—¿Sabe quién fue? —continúa Jared.

Jus asiente.

—Sí.

—¿Entonces por qué no les dice a los polis?

—Dios santo, eres bien denso —dice SJ.

—La gente como Quan no canta, viejo —dice Justyce. Recuerda la primera carta de Quan. Cuánto le molestaba que Jus se disociara de "esos" negros en las cartas que Jus le había escrito a Martin—. La gente como *nosotros*, más bien —se corrige—. Si yo estuviera en sus zapatos, tampoco cantaría.

Jus espera que Jared suelte otra pregunta de blanco incorregible: "Pero, o sea, ¿por qué no?", le quedaría.

Pero no lo hace.

—¿Y entonces qué hacemos? —pregunta.

—¿Eh?

—O sea… para ayudarle. Los tres somos estudiantes de derecho en dos de las instituciones educativas más prestigiosas del mundo.

Ni Jus ni SJ contestan. Lo que sí hacen es intercambiar una mirada de sorpresa.

—Digo, *sí* nos importa desmantelar las injusticias, ¿no? ¿Un joven negro (¡un NIÑO, incluso!) que *no* la hizo la va a pagar?

Ahora Justyce sonríe. No lo puede evitar.

—Ni yo lo pude haber dicho mejor, *bro* —dice quitando la mirada del camino para sonreírle burlón a SJ.

Ella bufa.

—Bueno. Te lo juro, Jared, si lo que estás intentando es inflar tu currículum y tratas de llevarte el crédito…

—Te doy mi palabra de que no sucederá.

El silencio que sigue se siente eléctrico. Cargado de… esperanza.

Hace que le hormigueen los dedos a Justyce.

—Entonces, ¿lo hacemos? —dice, intercambiando miradas con Jared en el retrovisor antes de voltear otra vez hacia SJ.

La cabeza gigante de Jared aparece entre los asientos del frente.

—¿Qué dices, Sarah-Jane? ¿Eh? ¿Le entras?

Le pica el hombro y ella le da un manazo.

—¿No podrías ser más molesto?

—Sí podría —dice Jus—. Y yo también. ¿Te unes a la misión o qué?

—Por supuesto que sí —contesta.

—¡Sííí! —Jared estira un puño y Justyce lo choca con el suyo.

—Pero ¿me haces un favor? —le pide SJ a Justyce.

—Lo que sea, mi nena.

SJ le pone una palma en la frente a Jared y lo empuja de vuelta a su sitio.

—Mantén a tu amiguito blanco lejos de mí.

8

Trato

Un único ensayo argumentativo separa a Quan de su diploma de preparatoria.

Así, está sentado en la sala de estudio frente a Doc, con el ceño fruncido. El único ruido en el lugar es el ruido de su lápiz, mientras cubre su hoja rayada con las palabras que sellarán su suerte.

—Me encanta tu aseveración —dice Doc—. Y concuerdo: cambiar la retórica usada al hablar con y sobre la juventud afroamericana *podría* cambiar su trayectoria, pero necesito que *elabores*.

Quan gruñe en vez de asentir.

En realidad, no está del mejor humor. Han pasado tres semanas y dos días desde que le envió esa carta a Justyce, en la que le confesó algo que no le ha contado literalmente a **nadie**.

No porque no se haya sentido tentado. Sobre todo últimamente. De hecho, apenas ayer Tay le estaba explicando lo que le sucede al cerebro cuando la pertenencia a un grupo u organización se consigue por medio de dificultades físicas o mentales ("lealtad eterna, casi siempre inmerecida"), y Quan casi le cuenta todo. Ha estado teniendo pesadillas otra vez, ahora sobre su propio arresto. No porque fuera un arresto particularmente traumático —los policías se presentaron en casa de mamá durante la cena unas noches después del incidente y Quan no se resistió cuando le recitaron sus derechos y lo pusieron bajo arresto—, pero la cara que pusieron mamá y Gabe (Dasia estaba en casa de una amiga, gracias a Dios) lo perseguirá hasta el fin de sus días.

Quan sabía que la policía iría por él. Desde el instante en el que él y Trey llegaron a la casa de Martel en la que Trey dormía de vez en cuando, y Quan se dio cuenta de que ya no traía su pistola, había estado 100 % seguro de dónde acabaría todo.

Así que se fue a casa y leyó el resto de las cartas de papá. También le escribió a papá.

Y luego

esperó

lo

que

sabía

que acabaría

pasando.

Entonces llegó el dilema. Porque aunque él nunca cantaría, de todos modos lo estaban deteniendo por un crimen que no había cometido. Mantuvo la boca cerrada un rato, pero entre más tiempo pasaba solo en aquel separo, más le giraban los engranes. No, la balística de las balas sacadas del cuerpo de Castillo no coincidiría con la del arma de Quan y tendrían que soltarlo…

Pero entonces empezarían a buscar la pistola que *sí* coincidiera. Lo que causaría problemas para todos, sobre todo para Martel. Quan sabía qué tipo de contrabando tenía en su casa. Lo que seguramente llevaría a redadas en sus *demás* propiedades.

Quan no podía permitir que sucediera eso. Sobre todo luego de todo lo que Martel y los demás habían hecho por él. No habría soportado la culpa.

De todas formas, la "confesión" lo sorprendió cuando le brincó de la boca aquel día.

Y así como así, su destino quedó firmado, sellado y entregado.

Él no había querido decirle la verdad a Justyce en esa carta. Solo… se le salió. En el papel. Como un veneno que salía de sus venas por el poder de la pluma.

Y, al principio, se sintió más ligero, mientras sobaba el sello postal con el pulgar para pegarlo bien al sobre con el nombre y la dirección de Justyce garabateados encima. Entregarlo para que lo enviaran se sintió como una exhalación pranayama (Tay le enseñó todo al respecto durante los ejercicios de respiración profunda que le está impartiendo para su TPEP).

Pero ¿más de tres semanas sin respuesta?

Una parte de él se siente ridícula. Pensándolo bien, 23 días no son *tanto*. Es cierto que Doc dijo que Jus había tenido sus finales la semana pasada y que regresaría a casa en auto… Quizá se entretuvo estudiando o algo.

Pero ¿y si la carta se perdió… o nunca la enviaron? ¿Dónde podría estar ahora? Quan ansía con todo su ser que nadie más la haya leído.

Por otro lado, ¿y si Justyce la leyó y le contó a alguien?

La mente de Quan se pone de cabeza de solo pensar que los policías hacen la balística y mandan un grupo de inspección a casa de Martel en ese mismo instante.

Se detiene para mirar su hoja. En vez de su ensayo, lo que está escrito en el papel son las preguntas que se arremolinan en su mente. Está perdiendo la cordura.

—¿Quan? —dice Doc, y lo sobresalta—. ¿Todo bien?

—¿Eh?

—Te ves medio sudoroso. Oye, no te estreses. Te va a ir bien. Lo sé.

Quan deja caer la mirada y respira hondo.

Otra vez.

Adentro, contando hasta cinco por la nariz

luego afuera,

igual

de

lento.

Realinear

su

prana.

(O lo que sea).

Luego:

—Doc, tengo que contarte al…

La puerta de la sala se abre de golpe y el cuerpo del amplísimo superintendente bloquea el umbral.

—Banks, tienes visita.

Quan voltea a mirar a Doc, que claramente está tan sorprendido como él (¿y por qué no lo estaría?).

—¿Eh? —le dice Quan al gigante que lo mira como si esperara que lo atacase.

—Lo dije en inglés, ¿no? Vamos.

—Puedes acabar tu ensayo después, Quan. Ve a tratar tus asuntos.

Pero ¿qué asuntos tiene que tratar?

Quan no dice ni pío mientras empieza a empacar sus cosas de la escuela…

—Déjalas —dice el superintendente mientras gira sobre sus talones—. Te traeré de vuelta. Apúrate.

El gigante desaparece en el pasillo.

Tras una última mirada de pánico hacia Doc, Quan lo sigue por la puerta. Doblan a la derecha al topar con una pared, lo que lo sorprende, pues la sala de visitas queda hacia el otro lado.

—Eh… ¿oficial? No pretendo cuestionar su sentido de orientación, pero ¿no vamos hacia el lado equivocado?

El superintendente no responde.

Al llegar al final de *ese* pasillo, el gigante usa una llave para abrir con un timbrazo una puerta que Quan nunca ha visto antes. La cruzan juntos y luego doblan por última vez a la izquierda, tras lo cual el superintendente se detiene junto a una sala a la derecha. La puerta está abierta…

Y Quan ve a la *última* persona que habría esperado en una visita imprevista:

Su abogado (si es que merece el nombre. "Burócrata asignado" quizá sea más apropiado).

John Mark, se llama. Es blanco. De casi treinta años. Asumió un puesto de defensor público en cuanto salió de la universidad y lleva ahí dos años. El caso de Quan es su primera vez "volando solo legalmente" (en sus palabras).

Quan se sorprendió mucho la mañana en que entró a una de las salas de asesoría y se encontró a ese jovenzuelo sentado donde solía sentarse su abogado anterior (que sí era bueno y parecía querer *ayudar* a Quan de verdad). John Mark se levantó y se presentó. Le dijo que su asesor anterior se había mudado para ir a cuidar a su padre anciano.

Y no es que John Mark sea un *mal* abogado. Es solo que a Quan le irrita lo… poco que el tipo parece cuestionar las cosas. Es como si todo en el expediente fuera palabra de Dios y no hubiera nada más que decir al respecto. Y, por un lado, Quan como que lo entiende: es cierto que confesó (más o menos)…

Aun así, Quan obviamente sabe que en el caso hay más tela que cortar. ¿No es trabajo de un abogado andar indagando en busca de información?

El tipo se levanta para saludarlo, sonriendo como si todo fuera bien en el mundo.

Y entonces la lucecita diminuta que aún arde en el interior de Quan

se apaga un poco más.

—¡Vernell! —exclama mientras le aprieta la mano con más vigor del necesario.

—Ya te dije que me digas *Quan*, viejo.

—Cierto, cierto, lo siento.

Se pasa una mano por el cabello estilo George Clooney. "Nervioso como un bicho", como decía la señora Pavlostathis.

(Ha estado pensando en ella mucho

últimamente).

—En fin, siéntate, viejo…

—Quan.

El tipo parpadea un par de veces. Se le sonrojan los cachetes.

Carraspea.

—Lo siento, Quan. —Se alisa la corbata y saca una silla para Quan—. Te tengo noticias. ¿Te molesta si nos sentamos?

Quan acepta. Su mirada recorre la sala donde los **delincuentes** como él (si crees la versión del Estado) se reúnen con sus abogados. Los muros de bloques de concreto están pintados del extraño amarillo difuso de los mocos y completamente desnudos.

Y cuando el leguleyo se sienta frente a él y descansa los codos en las rodillas, completamente en modo *profesional*, la ansiedad de Quan se dispara aún más.

—Bueno —dice John Mark con tono definitivo, juntando las yemas de todos los dedos como en las películas cuando el hombre de traje se dispone a hablar *en serio*.

Quan casi se ríe.

Casi.

Pero entonces el tipo dice algo que le zumba en la cabeza como el

*******_**claaaaaaaaang**_*******

de la puerta de su celda

cuando se cierra

todas las noches.

—Recibí una llamada del despacho del fiscal esta mañana —continúa.

Y luego se detiene (¿por *histrionismo*? Porque está funcionando).

Sonríe de nuevo, y entonces:

—Te ofrecen un acuerdo con la fiscalía.

18 de mayo

Querido Justyce:

Viejo. Ni siquiera sé cómo empezar esta carta. Tengo muchas emociones encontradas dándome vueltas.

Por un lado, mañana me dan mi diploma. Todavía no me la creo.

Pero por el otro, pues, mi "abogado" se apareció ayer. Vino a decirme que el Estado me ofrecía un acuerdo con la fiscalía.

Ni tengo que decirte que aquí tu *brother* estaba más que impactado. Llevo semanas peinando el código legal de Georgia, tratando de ver si lo de la defensa propia es factible, y pum. Qué locura.

Para no hacértela larga, me están ofreciendo reducir el cargo de homicidio doloso a homicidio imprudente y retirar todos los demás ("¿Cuáles demás?", ya te oí preguntar, maldito cerebrito. Eran cuatro: posesión de arma corta por parte de un menor, posesión de arma de fuego por parte de un convicto, apuntar una pistola a otra persona y descargar un arma de fuego en propiedad ajena).

QUIZÁ tenga derecho a volver al tribunal juvenil —aunque, en todo caso, la sentencia es de hasta veinte años—, pero mi abogado no cree que me den más de quince y la posibilidad de libertad bajo fianza sigue sobre la mesa.

Obviamente no acepté en ese mismo instante, pero... no sé, viejo. Esto lo complica todo.

He estado pensándolo sin parar desde que ese tipo me puso la mano en el hombro de camino a la puerta y dijo: "Piénsalo". Eso fue DESPUÉS de machacar sobre lo "sólido" que sonaba el trato y lo "sorprendido" que había quedado al oírlo: "¡Podrías salir de aquí antes de cumplir los treinta, viejo!".

Y estaba tan... alegre cuando me dijo esa mierda. Me puso muy de malas.

En fin, te mentiría si te dijera que el trato no me tienta. Oír hablar a ese tipo me trajo mucha ansiedad —ya me diagnosticaron oficialmente con ansiedad "clínica", por cierto— sobre ir a juicio, la sacó toda a la superficie. Por razones que no comprendo bien, llevo más de año y medio esperando mi fecha de juicio, pero oír esa oferta me hizo darme cuenta de lo asustado que estoy de estar en un tribunal de verdad, en el banquillo del acusado. Frente a gente a la que le encantaría que me encerraran, que pulverizaran la llave y la espolvorearan sobre el océano.

Qué loco pensar que me lo estoy PENSANDO, pero quizá aceptar el trato no sería tan mala idea. Si todo sale bien y tengo buena conducta, podría salir en una década o menos. Lo cual es MUCHO mejor de lo que esperaba, hablando en serio.

No sé.

Me encantaría saber qué opinas. Le voy a dar esta carta a Doc para que te la dé porque sé que ya no estás en la escuela. Voy a esperar a que me contestes para tomar la decisión, ¿así que intenta no tardar DEMASIADO en responder? (¡Sigo esperando la respuesta a la ÚLTIMA carta que te mandé, cabrón!).

Q

Imagen:

Dos chicos, una chica,
un profe, una abogada
y una interna de gestión
de caso en un sótano

Estar parado junto a la mesa de billar de los Friedman con SJ sonriéndole desde la silla *papa-san* fabricada en Tierra Santa casi hace sentir a Jus como si se estuvieran preparando para un torneo de debate.

Solo que, esta vez, lo que está en juego es la libertad de un joven.

Carraspea.

—Bueno, antes que nada, gracias a todos por venir —le dice a su audiencia.

La señora F —la *abogada Friedman*, en su papel actual— está sentada en el sofá de piel, con su pluma elegante en la mano y su cuaderno de cuero de abogada abierto sobre el regazo; Doc y Liberty Ayers están sentados en bancos; y Jared Christensen está instalado en una silla que sacó de no sé dónde.

—Como todos saben, mi amigo Quan lleva desde septiembre del año pasado en la cárcel. Por un delito que de hecho no cometió.

—No es por arruinar tu declaración inicial, Justyce, pero ¿cómo lo sabes? —pregunta Doc.

—Él me lo dijo. Y le creo.

Doc asiente.

—Continúa. Disculpa la interrupción.

Justyce sonríe.

—No pasa nada, Doc. Te extrañaba, *homie*.

—Yo también, viejo.

—Como decía, Quan no la hizo, pero están tratando de hacer que la pague, y *caro*. El Estado le ofreció reducir el cargo de homicidio —de homicidio doloso a homicidio imprudente, en este caso— y retirar todos los demás si se declara culpable. Pero eso todavía implica una sentencia de hasta veinte años.

—Puf —exclama Doc.

—Normalmente no les estaría contando los asuntos de mi amigo, pero que tenga que pasar incluso *un* año tras las rejas sería una trágica injusticia. El hecho de que lleve tanto tiempo encerrado *ya es* una trágica injusticia.

—E-xac-ta-men-te —dice SJ.

—Ahora, no me malentiendan —continúa Justyce—. A pesar de mi desafortunada experiencia con el oficial Tomás Castillo, creo que lo que le pasó fue terrible y que la *verdadera* justicia debería prevalecer. Pero esto no es justicia *verdadera*. Encarcelar a la persona equivocada *no* es justicia verdadera.

—¡GRÍTALO, hermano! —grazna Jared.

—Así que tenemos que hacer algo al respecto. ¿Me apoyan?

—¡Claro que sí! —grita Jared de nuevo, lo que hace bufar a SJ.

—Ahora bien, siempre y cuando pueda convencer a Quan de que despida a su representante legal actual, la abogada Friedman aquí presente se encargará de su caso. Esa es la razón por la que convoqué esta conferencia. Para que podamos… conferir. ¿Alguien quiere aportar algo?

* * *

Jared: Entonces, ¿a qué nos enfrentamos exactamente?

SJ: Por supuesto que eres el primero en hablar a pesar de ser el que menos sabe. Por supuesto…

Doc: Sarah-Jane…

Justyce: De hecho, esperen un momento. Estoy siendo descortés.

Le hace una seña a una joven de piel oscura que tiene las rastas recogidas en un nudo elaborado sobre la cabeza, sentada en el banco junto a Doc. Ella sonríe agradecida (y Justyce juraría que ve a SJ tensarse por el rabillo del ojo. Lo que es ridículo. Sí, Liberty es preciosa, más de lo que esperaba por las cartas de Quan. Pero no es como si Justyce lo hubiera *notado*…).

Justyce: Gente, ella es Liberty Ayers. Es una de las encargadas del caso de Quan…

Liberty: Soy una interna, pero gracias. A Doc ya lo conocía, pero estoy encantada de conocer a los demás.

Jared [*Con estrellitas en los ojos*]: Encantado de todocerte cambién, Liberty. Yo soy Jare… digo, codoverte… mierda.

SJ [*Bufando*]: Parece que don Imbécil está enamorado.

Jared: ¡BRO!

Doc [*Sonriendo mientras niega con la cabeza*]: No extraño estas tonterías en mi clase.

Justyce [*Fingiendo que no siente nada sobre lo que acaba de decir SJ*]: En fin, gracias por acompañarnos, Liberty.

Liberty: No me lo hubiera perdido por nada.

Jared: Eres una interna genial, Liberty. Quan tiene suerte de tenerte en su esquina.

SJ: Hablando de Quan, hay que hablar de él.

Justyce: [*Nota que las mejillas de SJ se sonrosaron un poco y que se niega a voltear hacia Liberty…*].

Justyce: [*Piensa: "Qué raro…"*].

SJ: ¿Qué es lo que sabemos?

Jared: Es un joven afroamericano que ha sido brutalmente timado por nuestro sistema de *IN*justicia.

SJ: [*Se da una palmada en la frente*].

Doc: Es considerado. Dedicado. Ferozmente leal, incluso a costa propia.

Liberty: Eso es cierto.

Abogada Friedman: ¿A qué se refieren?

Doc: Bueno, pues se ha esforzado por proteger a quien quiera que haya matado a Tomás Castillo. Además de inculparse y quedarse mudo sobre la identidad del gatillero, rechazó la asesoría legal ofrecida por el líder de la... *organización* de la que formaba parte, porque no quería que hubiera ninguna conexión que pudiera llevar a sus asociados.

Justyce: Eso no lo sabía.

Doc: No creo que él quiera que lo sepas.

Liberty: Conozco bien esa mentalidad. Yo también fui miembro de una pandilla cuando era más chica.

Jared [*Sobresaltado como si Liberty acabara de confesar que es Santa Claus*]: ¿En serio?

Liberty: En serio. E incluso más allá del concepto del "soplón al panteón", que es casi un chiste para la *mayoría* de la gente que lo usa...

(Justyce podría jurar que Liberty le echa una miradita al perdido de Jared al decirlo).

Liberty: … Cuando creces sintiendo que no tienes a nadie de tu lado y de pronto encuentras gente que sí lo está, literalmente te cambia el cerebro. Esa lealtad que siente Quan no es una mera elección. Es un imperativo psicológico.

Abogada Friedman [*Tomando nota*]: Así que evitaré mencionar cualquier cosa que lo haga pensar que quiero que delate a un amigo. ¿Qué más?

Justyce: La pistola que encontraron con las huellas de Quan no fue la que disparó las balas asesinas, así que la balística no va a empatar.

Jared: ¿No es eso algo que deberían haber revisado antes del arresto?

Abogada Friedman: No necesariamente. Si encontraron un arma de fuego en la escena del crimen, estoy segura de que en cuanto empataron las huellas con un nombre, emitieron una orden de aprehensión y ya. Es probable que hayan hecho la balística en el ala forense, pero es posible que ese informe haya quedado enterrado entre la avalancha de lo que se descubrió, sobre todo si las balas extraídas del cuerpo no coincidían con el calibre del arma encontrada en la escena.

Justyce: Quan también mencionó querer intentar alegar defensa propia. Dice que Castillo tenía su arma apuntada hacia Martel y luego la giró hacia donde estaba Quan con sus amigos. Y entonces alguien le disparó.

Abogada Friedman: ¿Martel?

Justyce: Uno de los "amigos" que definitivamente no deberías mencionar.

Abogada Friedman: Entendido. Así que Castillo apuntó su arma contra varias personas esa noche. Suena a que el cargo original debería haber sido homicidio imprudente. [*Toma más notas*]. ¿Hubo alguna provocación? ¿Alguna razón para que Castillo desenfundara?

Justyce: Quan dice que no. Y hay un montón de testigos que dirían lo mismo.

Abogada Friedman: Los demás chicos que estuvieron presentes. A los que no quiere implicar.

Justyce: Sí.

Abogada Friedman: ¿Cuántos de los posibles testigos tienen extensos historiales delictivos, igual que Quan?

Justyce: Seguramente todos.

Abogada Friedman [*Asintiendo*]: Aunque no me guste, si esto se va a juicio y la mayoría de mis testigos son varones afroamericanos de entre dieciséis y veinte años —igual que el acusado, acusado además de asesinar a un policía—, es muy probable que haya un sesgo implícito.

Liberty: Y que lo digas. Pasa todo el tiempo en el sector del trabajo social. Digamos que una mamá está tratando de recuperar a sus hijos. Ya está limpia y tiene un trabajo estable y se está esforzando mucho. Si es pobre y afroamericana y toda la gente que la respalda también es pobre y afroamericana… Pues… He visto más de un caso en el que esos niños acabaron en adopción a largo plazo.

Jared: Pero ¿de verdad necesitas más de uno o dos testigos? No es como que el Estado tenga alguno que pueda disputar su testimonio.

SJ: ¿Eh?

Jared: La única persona que podría haber sido un testigo clave está muerta, ¿no?

Todos: [*Silencio*].

Jared: ¿No mataron a Garrett Tison en prisión? A menos que alguien más que estuvo presente esa noche esté dispuesto a testificar contra Quan, no hay nadie que pueda disputar su versión.

Todos: [*Silencio*].

Abogada Friedman: Hmm. Tengo que admitir que no lo había pensado.

SJ: Quizá eso sea lo más inteligente que has dicho en tu vida, Jared.

Doc: ¿Es posible que algún vecino haya visto algo y se presente?

Abogada Friedman: Lo voy a revisar, pero creo que ya se habrían presentado. Estoy segura de que interrogaron a toda la cuadra.

Justyce: Entonces… está decidido. La fiscalía no tiene nada. ¿Creen que por eso le hayan ofrecido el acuerdo?

SJ: Jus, cariño, se te está olvidando algo.

Doc: SJ tiene razón. La falta de testigos es un buen paso, pero incluso con eso y la balística negativa, el caso no está tan cerrado como te gustaría, Jus.

Justyce: ¿Por qué no?

SJ: Porque Quan confesó.

Justyce: ¡Pero estaba mintiendo!

SJ: No importa.

Abogada Friedman: Desafortunadamente, Sarah-Jane tiene razón, Justyce. Sobre todo en este caso. El Estado no tiene razón para no creerle.

Justyce: ¿Entonces así queda? ¿Lo dejamos aceptar el trato y quedarse ahí dentro por algo que no hizo?

Doc: Respira, Jus. Eso no fue lo que dijo la abogada Friedman.

Abogada Friedman: Una confesión no es una declaración de culpabilidad, pero como sigue siendo admisible en el tribunal…

Justyce [*Frunciendo el ceño*]: A menos que no lo sea.

SJ: ¿Eh?

Justyce: Se cierra la sesión. Tengo que hacer algo. [*Se baja del borde de la mesa de billar y va hacia las escaleras*].

SJ: Ay, no.

Jared: ¡ESE ES MI J-MAN!

Liberty [*En un susurro hacia Doc*]: ¿Así es siempre Jared?

Doc: Sí.

Liberty: Uf.

9

Bro

Quan está en su celda, hojeando uno de los poemarios que le dejó Doc, cuando oye su apellido ladrado como si se hubiera robado algo.

"¡BANKS!".

Se asusta tanto que se le cae el libro y se cae *él* de la cama.

Parece que también le toma demasiado tiempo responder. Oye los pesados pasos acercarse antes de que la calva refulgente de su guardia menos favorito se asome por el umbral.

Más ladridos.

"¿No me oíste llamarte, estúpido?".

—Sí te oí, sí te oí —dice Quan, mientras se soba la rodilla (esos pisos de concreto son *duros*)—. Solo que me asusté.

"Bueno, pues sal de ahí (ladrando, ladrando, ladrando). Tienes visita".

—¿Visita?

(Carajo, ¿quién será esta v...?).

"Eso fue lo que dije, ¿no? Bola de tarados, siempre haciéndose los que no entien...".

Pero Quan ya no lo escucha.

¿Y si es su abogado otra vez? Tal vez volvió para exigir que decida sobre el acuerdo con la fiscalía.

Y Quan todavía no se decide. Está esperando a que Justyce le conteste y han pasado menos de 48 horas desde que le dio la carta a Doc para que se la pasara. Tiene que darle al menos un *poquito* más de tiempo a su amigo.

Llegan a la esquina que da al pasillo de las reuniones con abogados… y se siguen de largo.

Ahora Quan está muy confundido.

Claramente no es Doc. El pelón sabe quién es y habría llevado a Quan a la sala de estudios. ¿Así que quién…?

El ruido de la alarma al abrirse la puerta de la sala de visitas lo devuelve a su cuerpo. El pelón se hace a un lado para dejarlo entrar…

Y ahora Quan cree que le va a explotar la cabeza. Y el pecho.

Y… todo.

—¡*Bro*! —dice Justyce mientras se para y abre los brazos.

Quan se esfuerza por no

CORRER

hacia la mesa.

(Consigue resistirse).

—¿Qué haces aquí, hermano? —pregunta en cuanto llega con Justyce. Chocan manos, enganchan los dedos y se dan uno de los mejores abrazos de barrio que Quan ha tenido en su vida.

"¡Oigan, BASTA YA!".

Pero nada que pueda decir ese cabrón de cabeza de bola de caoba podría bajarle los ánimos a Quan.

—Tuve que venir a verte, viejo. —Los chicos se sientan y Justyce mira a un lado y a otro (Quan bufa y niega con la cabeza. Justyce no tiene idea de cómo pasar desapercibido)—. Recibí tus cartas.

—¡Más te valía, idiota! —dice Quan, tratando de mantenerse juguetón.

Pero Justyce no tiene cara de querer jugar. Mira a su alrededor de nuevo y se inclina hacia el frente.

—*Bro*, tienes que despedir a tu abogado.

—¿Eh?

—No me armes escándalo, viejo.

Pero Justyce es el que está armando escándalo. Susurrando y haciéndose el clandestino.

Quan respira para reenfocarse.

¿Por qué se está poniendo tan estresante esta visita?

—Justyce, tú sabes que eres mi *brother*, pero no te puedes aparecer haciendo ese tipo de declaraciones como si nada.

Justyce asiente.

—Cierto, viejo. Tienes razón. Perdón.

—No pasa nada.

Una tensión chisporroteante se forma entre ellos. Como un nubarrón atrapado en un frasco. Un buen relámpago y se quiebra todo.

—Déjame volver a empezar —dice Justyce.

—Sí. *Elabora*, por favor.

Los dos se ríen y las paredes parecen exhalar.

—Bueno, me llegaron tus cartas —dice Justyce.

Quan asiente.

—Eso lo entendí.

—La primera me impactó. En la que me contabas… eso. Pero, cuando lo asimilé, no me sorprendió tanto.

—Ok.

—Obviamente respeto que no quieras, eh… decir nada más. —Los chicos cruzan miradas y se entienden—. Pero luego de leer esa primera carta, lo que mencionaste en la última me preocupó mucho.

Quan aprieta la mandíbula. Por supuesto que Justyce no entiende su predicamento. ¿Por qué lo haría? Justyce McAllister siempre ha tenido más opciones.

Alternativas…

—Unos amigos y yo te queremos ayudar —continúa Justyce—. Te conseguimos una abogada nueva. Es buena. De hecho, es la mamá de mi chica y ha trabajado en muchos casos como el tuyo.

—¿Casos "como el mío"?

Justyce asiente, sin percatarse de la irritación de Quan o ignorándola a propósito.

—Jóvenes negros metidos en un problemón por estar en el lugar equivocado en el momento equivocado y que acaban tras las rejas por eso.

Quan niega con la cabeza.

Problemón.

Claro que Justyce usa esa expresión. ¿Cuál fue la otra que le enseñó Doc? **¿Quedarse corto?** Como "Si alguien se enterara de que en realidad ___________ jaló el gatillo sería grave".

Problemón.

Grave.

Se quedan cortos.

—No puedo, viejo. No puedo hacer que vayan tras mi banda por mi culpa…

—Nadie más quedaría implicado, viejo. Te doy mi palabra. Basándonos solo en lo que me has contado hasta ahora, debería haber suficiente evidencia para que te exculpen.

Quan se muerde el cachete por dentro. Decidir entre ser exculpado y pasar una década en la cárcel está claro como el agua… pero aún existiría la posibilidad de que lo declararan culpable. Sobre todo con su historial. Rechazar el trato significa rechazar el cargo menor. ¿Y ser declarado culpable de **homicidio doloso**? ¿Sobre todo de uno que no cometió?

—Es solo que…

(Ahí va Justyce, asomándose por encima del hombro todo sospechoso).

—Tienes que dejar de hacer eso, viejo —dice Quan—. De mirar a tu alrededor como si intentaras esconder algo. Nos vas a meter en problemas a los *dos*.

—Ah.

—Dime lo que tengas que decir. *Sin* parecer loquito de etapa cuatro, por favor.

Justyce se ríe un poco.

—Tienes razón, viejo. Lo siento. Es que estoy nervioso.

Y eso pone nervioso a *Quan*.

Y Quan detesta estar nervioso.

—¿Por?

—Bueno, es que necesito que me cuentes más de… algo.

—¡Pues escupe, idiota!

(Ahora Quan se siente tentado a asomarse por encima de *su* hombro).

Justyce suspira.

—Necesito que me cuentes de tu confesión, viejo.

Ah.

—¿Qué tiene?

Quan siente que lo que Tay llama sus *barreras* están empezando a alzarse.

—Pues… cómo sucedió. *Cuándo* sucedió. ¿Se presentaron en la escena del crimen y tú diste un paso al frente?

Quan niega con la cabeza, tenso por tener que revivir la experiencia. Sus palmas están más viscosas que los piropos que ha visto a Trey lanzarle a las chicas de la cuadra.

—Nah. Me arrestaron apenas unos días después… de que pasara.

—Mencionaste un interrogatorio en una de tus cartas… ¿Confesaste antes de que te llevaran?

—No. —Quan trata de relajar la mandíbula—. Traían una orden de arresto.

—¿Y entonces qué rayos pasó, viejo?

Quan tiene un sabor amargo en la boca y lo que más se le antoja es hacerle una seña a la Bola de Boliche para que termine esa visita y lo escolte de vuelta a su alcantarilla. Que, curiosamente, le suena más segura ahora que esa sala abierta en la que Justyce no deja de hacerle *preguntas*. Pero, al ver a su amigo —en carne y hueso— y ver lo mucho que le *importa*… bueno, eso no es algo para lo que estuviera preparado.

Así que respira hondo de nuevo y se deja caer en la noche en la que arruinó su vida.

La primera vez que me interrogaron, en realidad no dije nada. Conozco mis derechos –Martel insistía mucho en eso–, así que, en cuanto me tuvieron en la salita de la comisaría y empezaron a preguntarme cosas, les dije que prefería guardar silencio, y ahí la dejamos.

Entonces me dejaron solo en la sala y no sé cuánto tiempo me quedé en esa silla durísima con las manos esposadas en la espalda, pero me empecé a quedar dormido. Eran como las diez y pico de la noche cuando me recogieron, así que sabía que se estaba haciendo tarde, y estaba cansado. Tampoco había comido en un rato. Mi apetito andaba muy desganado esos días después del Incidente. Así me pide Tay que le diga.

En fin, en algún punto alguien más entró y me llevaron a una celda. Yo lo único que quería era dormir –había un par más ahí dentro bien perdidos–, así que me senté y recargué la cabeza contra los barrotes. Pero parecía que cada vez que estaba quedándome dormido, había un ruido o una risa o algo que me despertaba por completo.

Pasó mucho tiempo más y llegó una nueva oficial a recogerme. Una mujer.

Dije lo mismo que la primera vez.

Me dejaron en paz de nuevo. Luego de vuelta a la celda.

Más de lo mismo: casi quedarme dormido, pero sin poder dormir nunca. Tenía cada vez más hambre. Esa segunda vez en la celda fue cuando empecé a sentir que me quebraba. Estaba cansado. Tenía frío. Quería mear. Me daba miedo lo que iba a pasar.

La tercera vez que me llevaron a la sala empezó igual que las otras dos. Les dije que no tenía nada que decir, pero esa vez no me dejaron en paz. Era el mismo tipo de la primera. Supongo que ya había pasado tanto tiempo que estaba de guardia otra vez. No dejaba de insistir. Ya, muchacho. Sabemos que fuiste tú. Mejor dilo de una vez… Cosas así.

Cuando dijo: Sabes que si metemos a uno de tus amiguitos aquí podemos hacerlo hablar. Deberías ahorrarles problemas, ahí fue cuando me quebré. Dije:

Está bien, viejo. Fui yo. ¿Contento?

Cuando Quan alza la vista —limpiándose las lágrimas (nunca le ha contado a nadie lo que pasó esa noche y es precisamente por eso)—, Justyce tiene cara pensativa: el ceño todo fruncido, la mandíbula tensa, la mirada en Quan, pero no *en* Quan.

—¿Y dices que les dijiste lo mismo cada vez que te interrogaron?

—Sí, básicamente.

—¿También la tercera vez dijiste "Prefiero guardar silencio"?

Por alguna razón, esa pregunta lo pone nervioso.

—Digo, no recuerdo si dije exactamente eso, pero estaba claro que no quería hablar.

—Ok —dice Justyce con una rotundidad que le indica a Quan que puede cerrar la puerta de esa noche de nuevo.

(Aunque ahora definitivamente va a tener que contársela a Tay. Luego de abrir *esa* bóveda, sabe que va a tener pesadillas).

—Deshazte de esa porquería de abogado que tienes y hay que encaminar las cosas hacia un mejor lugar —dice Justyce.

Quan suspira y se frota los ojos. Ojalá pudiera solo… dormir. Indefinidamente. Es demasiado toda esta mierda.

—No sé, viejo. Es mucho pedir. Ni siquiera he conocido a este *reemplazo* que me quieres vender.

—Tienes que confiar en mí, Quan —insiste Justyce—. De verdad es una gran abogada. Y no perderías tu oferta del trato con la fiscalía.

Las orejas de Quan se yerguen.

—¿Ah, no?

—No. Ella lo garantiza. Tal vez hasta te consigue una mejor, si a esas llegamos. Según todo lo que me acabas de contar, suena a que te imputaron cargos incorrectos.

Eso le arranca una sonrisa a Quan.

—Ah, ¿entonces ahora *tú* eres abogado, cerebrito? ¿Un año allá en la tierra de los ricos y educados y ya quieres tomar mi caso?

Justyce le devuelve la sonrisa.

—En esas andamos.

"¡SE ACABÓ EL TIEMPO!" (ladrando, ladrando).

—Supongo que eso fue por mí.

Justyce se levanta.

Y

el pecho

de Quan

se tensa.

—Sí. Supongo que sí —dice (pero Justyce *acababa* de llegar, ¿no? Carajo).

—Sí lo vas a hacer, ¿verdad?

"¡BANKS! ¡Ya sé que me oíste, cabrón!".

Quan se asoma por encima del hombro para ver al pelón enojado.

¿De verdad será posible salir de ahí?

Se levanta.

Y sopesa.

Y lo sopesa un poco más.

—¿Estás seguro de todo esto, viejo? —dice al fin mientras estira el brazo para darle su abrazo de barrio a Justyce.

"¡EY! ¡Nada de esas porquerías aquí! Vas a perder tus privilegios de visi...".

—¿Preferirías que no estuviera seguro?

Quan mira a Justyce.

Justyce mira a Quan.

Y se entienden.

1º de junio

Querido Justyce:

Sé que ya lo sabes, pero lo hice. Tiré a John Mark por el inodoro (que, honestamente, es donde pertenece) y pasé mi caso a la mamá de tu chica.

Adrienne.

(¿Así le dices tú, por cierto? Insistió en que lo hiciera, pero se siente raro y me parece que mi mamá me cachetearía hasta dejarme sin lengua si me oyera hablarle a una mujer adulta —y a una profesional— por su nombre de pila).

EN FIN.

Hoy la conocí. Vino y hablamos un rato y me preguntó un montón de cosas que el otro nunca me preguntó. Y estoy bastante seguro de que cree todo lo que le conté. Hasta se sintió un poco incómodo, a pesar de que le estaba diciendo la verdad.

No tenía idea de lo diferente que sería estar hablando con alguien que genuinamente quiere mantenerme FUERA de la cárcel. Me hizo percatarme de que, en todos mis años lidiando con el sistema, nunca he tenido un abogado que quisiera verme totalmente libre. Me puso a pensar en algunos de los chicos que he conocido que acabaron en el bote mucho tiempo. No es que nos sentáramos a platicar nuestros problemas en un círculo Kumbayá ni nada, pero sé que muchos éramos parecidos: vidas domésticas medio jodidas (o "de alto trauma", si usas los términos de Liberty. Hermano, el traje sastre que traía el otro día que vino... ¡Uf!); toda la gente a nuestro alrededor esperando que la reguemos tarde o temprano; sin modelos a seguir...

Y, pues, nada de eso es excusa, pero ahora que tengo a toda esta gente en mi vida que cree que hay algo bueno en mi interior y quieren que lo saque... pues, me asusta, viejo. Ni siquiera sé quién SOY, acá escribiéndote tanta sensiblería, pero es la verdad.

La señora Adrienne (¡no hay manera en que le hable a esa señora SOLO por su nombre de pila!) dijo algo al final de nuestra reunión que todavía me tiene impactado: "Estamos de tu lado, Quan. Nuestro objetivo es sacarte de aquí y que te reintegres en la sociedad como un contribuyente vital a la mejora del mundo".

Pero ¿y si no me <u>puedo</u> "reintegrar", Justyce? ¿Qué tengo yo que "contribuir"? No es como que no haya intentado ya ser bueno y hacer el bien. Sí, cuando tenía catorce o quince dejó de importarme porque no parecía importarle a nadie YO. Pero me tomó varios años llegar a ese punto. Años de que me importara. Y de esforzarme. Y de fracasos. Y de no saber qué hacer al respecto ni cómo arreglarlo. Porque sí lo estaba intentando, Justyce. Di mi mejor esfuerzo, carajo.

Ahora que miro hacia atrás, hay TANTOS CHICOS que acaban aquí dentro que de verdad QUERÍAN hacer las cosas bien y ser "exitosos". Pero los chicos como nosotros tienen que lidiar con un montón de mierda. No digo que sea excusa, pero tampoco puedo fingir como que eso no importa.

Hay uno nuevo en mi bloque, Berto. Un latino. Ya lleva como un mes aquí. El otro día le saqué plática —hermano, el pobre no habló con NADIE en sus primeras semanas acá— y resulta que tiene dieciséis años y también está adentro por homicidio. Pero me contó que, cuando era chico, era un niño muy bueno, hasta que algo pasó en su familia.

Así que salió a buscar una familia nueva. Como muchos de nosotros. Lo mismo con otro al que le decimos Stacks. Siempre anda hablando de "alguien" que conoce (él mismo) y cómo "se estaba esforzando por convertirse en músico", pero "era joven y no tenía guías"; que "solo quería una familia, así que fue a buscarse una", pero luego "se metió en problemas haciendo cosas para su familia".

Y a eso se reduce todo. Encontramos las familias que tanto queríamos y aprendemos otra manera de hacer las cosas. Una manera que a veces nos mete en lugares o situaciones en las que en realidad no queremos estar.

¿Y si no me puedo quitar eso de encima? ¿Y si salgo de aquí y acabo en el lugar y el momento equivocados otra vez? ¿Y si decepciono a todos los que están metiendo las manos al fuego por mí? ¿Qué tengo yo que ofrecerle al mundo, Justyce? Si salgo de verdad, pero EN SERIO, ¿qué voy a HACER?

Y odio estar pensando en todo esto. Odio tener miedo de no poder no meterme en problemas.

Hasta estoy pensando cómo será la vida afuera.

Porque ¿y si esto no funciona y la "esperanza" me falla de nuevo y me encierran... de por vida?

No sé si podré con eso, viejo.

Sinceramente,

Quan

Imagen:

Un estudiante de derecho de Yale, una abogada defensora y un fiscal de distrito en un despacho de abogados

A pesar de estar ahí como su *oponente* en cierto sentido, Justyce mentiría si dijera que no admira al abogado Marcus Anthony Baldwin Sr. El fiscal de distrito es alto, señorial y de buen cuerpo. Es cálido, pero serio. Jovial, pero sin admitir fallas. Un hombre cuya presencia exige tu completa atención y tu máximo respeto.

Y es negro.

Justyce está seguro de que el pequeño destello de orgullo que vio en su cara cuando la abogada Friedman lo presentó como uno de sus "internos universitarios, que acaba de terminar su primer año en Yale" no fue su imaginación.

¿Y ahora? Justyce tiene toda su atención.

—¿Así que has estado en contacto con el acusado, muchacho? —pregunta el fiscal de distrito.

—Sí, señor. Así es. Nos conocemos desde niños, pero empezamos a enviarnos cartas en enero.

—¿Pretendes presentar alguna de esas cartas como evidencia, Adrienne?

—No.

El fiscal ladea ligeramente la cabeza.

—¿No?

—Genuinamente no creo que sea necesario —dice la abogada Friedman.

—Qué interesante —dice el abogado Baldwin.

—En realidad, vinimos por algunas cosas que me comunicó en persona —continúa Justyce.

—¿En persona?

—Sí, señor. Lo visité en el centro de detención hace una semana y me compartió cierta información que creo que merece una investigación más profunda.

Ahora el abogado Baldwin se reclina en su elegante asiento de cuero. Entrelaza las manos sobre el vientre.

—Te escucho.

—Bueno, lo primero que dijo fue que el arma de fuego encontrada en la escena del crimen y usada para identificarlo no fue la que disparó la bala letal.

Las cejas de Baldwin se arquean, atentas.

—¿Sabes si hicieron pruebas de balística, Marcus? —pregunta la abogada Friedman—. No vi ningún informe en el expediente que me entregaron. Hay una confesión, sí, pero considerando la gravedad de los cargos, creo que es vital llevar a cabo una investigación *completa*, siguiendo el debido proceso.

Baldwin alza las manos.

—Te entiendo. Quizá tome unas semanas, pero me aseguraré de que se hagan las pruebas necesarias. Sin embargo, como acabas de mencionar, con la admisión de culpa en el expediente…

—Eso es lo otro —dice Justyce, interrumpiéndolo.

Y se arrepiente de inmediato.

—Ay, no. Lo siento, señor. No quise…

—Adelante, señor… McAllister, ¿cierto?

—Sí, señor. Eh… —Ahora Jus tiene que recobrar la seguridad. Carraspea—. Como decía, la última vez que hablé con Vernell, tuvimos una breve charla sobre los detalles de su confesión y… pues, creo que las *circunstancias* en las que se dio esa confesión merecen ser revisadas.

—¿Y qué es exactamente lo que buscamos, señor McAllister?

Sin pensarlo, Justyce voltea a ver a la abogada Friedman.

—Está usted en mi oficina y tiene toda mi atención, señor McAllister. No necesita permiso de la abogada Friedman para hablar. Continúe, por favor.

Justyce respira hondo.

—Basándome en lo que me dijo Qua… digo, *Vernell*, señor, creo que pudieron haber violado sus derechos Miranda.

Ahora Justyce *de verdad* tiene "toda la atención" del fiscal. Siente que está bajo la lente de un microscopio.

—¿De verdad? —pregunta el hombre, mientras toma un par de anteojos del escritorio y se los pone antes de abrir un cajón para sacar una libreta (Justyce casi se ríe).

—Sí, señor.

El abogado Baldwin garabatea algunas cosas.

—Bueno, tiene usted mi palabra de que investigaremos a fondo los asuntos que me ha presentado.

—Gracias, señor.

Baldwin deja su pluma en el escritorio, se quita los anteojos y mira a Jus a los ojos. Jus quiere retirar la mirada de inmediato, pero se obliga a mantenerla.

—Escogiste a uno bueno, Adrienne —dice Baldwin.

—Y que lo digas —contesta la abogada Friedman.

—Tiene usted un futuro brillante, señor McAllister —continúa el abogado Baldwin—. Vernell tiene suerte de llamarlo su amigo. Desafortunadamente, en la mayoría de los casos como este, los jóvenes involucrados no tienen defensores reales. Celebro que haya alzado la voz.

—Solo no quiero ver a otro chico afroamericano en la cárcel, sobre todo por un delito que no cometió —contesta Jus, sintiendo una ráfaga de osadía en su interior, fuerte y firme—. Como alguien comprometido con la *verdadera* justicia, espero que opine lo mismo, señor.

El abogado Baldwin se reclina minúsculamente y *parpadea, parpadea, parpadea*. Y, por el rabillo del ojo, Justyce ve a la señora F "toser" contra su puño.

—Ahh... —carraspea el abogado Baldwin—. Sí. Definitivamente, muchacho.

—Me encanta oírlo.

Cunde un silencio en el que Justyce siente como si un globo invisible lleno de confeti estuviera a punto de tronar encima de él y bañarlo con una sensación de triunfo. Y entonces:

—¿Hay algo más que pueda hacer por ustedes? —pregunta el abogado Baldwin.

—Creo que eso es todo, señor —contesta Jus.

Y la señora F solo sonríe.

10

Dasia

A pesar de la "reunión" en la que metieron a *Quan* —con Liberty *y* con Tay—, para prepararlo para su visita de esa semana, cada paso que da por el corredor lo hace sentir cada vez más cerca del cadalso para su decapitación.

(Quizá no debió leer *Alicia en el País de las Maravillas* anoche).

Va a ser feo.

Tiene que.

No solo porque no lo ha visitado ni *una* vez en los veintiún meses que lleva ahí adentro.

Tampoco contesta nunca sus llamadas, que se esforzó por hacer al menos una vez cada tantas semanas durante todo el primer *año* que estuvo en prisión.

Y no le ha mandado ni una carta. Ni paquetes.

Lo que significa que lo que quiera que fue a decirle a Quan es tan malo,

que siente la necesidad de decírselo

a

la

cara.

Y él no está listo.

Pero no importa. Porque el superintendente ya se detuvo y la puerta se abre y ella alza la mirada. Abre los ojos y la boca…

"*No tengo todo el día, Banks*",

dice el superintendente.

Porque Quan sigue parado en el umbral.

Mirando a su mamá. A su mamá, cuya barbilla parece temblar al ritmo de su corazón pulsando en sus oídos. Ni siquiera puede obligarse a hacer una de sus respiraciones de realineación especiales como le dijo Tay cuando ella y Liberty lo estaban "preparando".

La reunión/sesión/como-quieras-decirle fue muy rara para Quan. Fue su primera vez en quién sabe cuánto tiempo compartiendo espacio con dos mujeres a la vez y ver cómo se llevaban, cómo se daban cuerda para conseguir "las circunstancias óptimas" para su "bienestar mental y emocional" lo impactó profundamente.

—Bueno —dijo Liberty tras sentarse frente a él en uno de los asientos acolchados que ocupan el centro de la oficina en la que Quan tiene sus sesiones semanales con Tay.

(Libz traía un vestido amarillo largo y el pelo recogido en un envoltorio *cool* que le recordaba a Quan las camisas de estampado *kente* que usaba Martel a veces. Lo hacía sentirse como si estuviera hablando con el sol. De hecho, pensar en ella *ahora* lo hace sentirse un poco mejor).

—Primero que nada, quiero disculparme por entrometerme en su sesión semanal —empezó Liberty.

("Como si me molestara", pensó Quan).

—Pero Tay y yo concordamos en que esto es tan importante que podemos romper la rutina —continuó.

Tay asintió.

Quan sonrió. Regodeándose en la luz del sol.

Y entonces:

—Tu mamá llamó al centro para informarse sobre las horas de visita —dijo Liberty.

Quan sintió calor de pronto.

—La señora Bernice, que trabaja en la recepción y recibió la llamada, me contactó de inmediato luego de revisar la bitácora de visitas y ver que sería la primera vez que viene tu mamá.

—Y entonces Libby me contactó de inmediato a *mí* —dijo Tay.

Durante la siguiente hora, "discutieron". ¿Tenía Quan algún problema con recibir la visita? (Podía rechazarla). ¿Se sentía listo para ver a su madre? ¿Había algo que quisiera hablar o trabajar antes? ¿Tenía alguna pregunta?

Sí la tenía:

¿Por qué ahora?

¿Qué quiere?

¿Significa esto que aún le importo?

¿Entonces por qué no me toma las llamadas?

Pero no hizo ninguna de esas preguntas de esas cosas. Porque la más abrumadora sigue retumbándole en el cerebro como una alarma de incendios mientras cruza la sala de visitas:

¿Qué pasó?

Su mamá no se levanta cuando Quan llega a la mesa y Quan piensa que qué bueno que la cosa esté empotrada al piso. Porque verla ahí sentada y llorando como si de pronto la *conmoviera* verlo lo hace querer poner todo patas arriba.

Se sienta sin decir palabra.

Aun con su piel morena, Quan distingue las ojeras que la aquejan. También ha perdido peso. Tiene más canas.

Su madre se limpia la cara y sonríe. Más o menos.

Y entonces se quedan sentados. Quién sabe cuánto
tiempo.
Mirándose.

Quan de ninguna manera va a ser quien rompa el silencio, así que…

—Gabe te extraña —dice su mamá, e igual podría haberle echado un cubo de agua helada en la cabeza.

Se levantaría para irse de no ser porque es su *mamá*.

Y debajo de toda su furia,
todavía quiere que lo quiera.

—¿Qué haces aquí, Ma? —dice, y la mirada de su madre se desploma hacia la mesa. Hasta la *atraviesa*.

—No estoy tratando de ser grosero —continúa Quan—, pero, sinceramente, que te me aparezcas así de repente me tiene un poco nervioso. Así que, si pudiéramos evitar alargar esto demasiado…

Quan se detiene, sin querer seguir. Está seguro de que sus palabras le dolieron: a *él* le ardió la garganta cuando subieron por ella. Sabe que si sigue hablando, toda la ira que siente contra su mamá y que no ha trabajado en sus sesiones con Tay saldrá disparada de su lengua con un filo mortal.

Mamá suspira.

—Tu hermana está enferma, LaQuan.

—¿Eh?

(Pero claro que oyó exactamente
lo que dijo).
(No esperaba que simplemente *cediera*
ante su… agresión).

—Le diagnosticaron leucemia hace unas semanas.

Ahora, Quan
NO TIENE IDEA
de qué decir.

—Es bastante agresiva y empieza la quimio la semana que entra…

Quan abre la boca para hablar, pero no tiene caso: el resto le brota a mamá como café caliente tragado demasiado rápido, le achicharra la boca al salir, chamusca la mesa y le quema las manos y los brazos a Quan al derramarse por el borde.

ElPrimerDoctorAlQueFuimosDijoQueLaQuimioNoTenía Sentido."NoHayManeraDeQueLaConsigamosToda.QuizáLe

QuedenDos/TresMesesDeVida".PeroYaConocesATuHermana, TercaDesdeQueNació–EnRealidadNuncaQuisoLlegarAESTE MundoDesquiciado–EnFinSeNegóAOírEsas"Tonterías"Y ExigióQueBuscáramosUnaSegundaOpinión.FueUnMejor Diagnóstico.CreoQueAyudóQueFueraUnaMujerNegraA LaQueDeHechoLeImportabaSiMiBebitaViveOMuere.Pero ElPuntoEsQueInclusoConUnaDoctoraMenosMierda,Cáncer EsCáncer,¿No?EsCaroYTomaTiempoyAlPrincipioNoTeníamos SeguroYAunqueYaTenemosSeguroYEsRetroactivo,HacePoco PerdíMiTrabajo,LaSemanaPasada.ResultóQueAlDíaSiguiente, TuAmigoPasóAVerCómoEstábamosPorqueDij...

—¿*Mi* amigo? ¿Qué amigo?

Montrey, dice.

(Y ahora Quan tiene una nueva punzada de ira
—y quizá hasta de miedo— en las tripas).

(No es como que haya tenido más noticia de
sus "amigos" que de mamá...).

(Pero ¿eso significa que *ellos* no lo han
olvidado tampoco?).

ComoTeDecía,Montrey,PasóAVernosPorqueDijoQueVioA-GabeEnElParque"TodoTristón",AsíQueQueríaVerQueTodoEs-tuvieraBienY...

NoSéQuéPasó...

Está metida en su mundo. Reviviendo lo que Recuerda. Lo que hace que toda la escena, y el hecho de estar ahí sentada frente a él contándoselo, sea un poco menos Ridícula.

TodoSe…MeSalióSupongo,EstabaTanEstresadaYNoHabía EstadoDurmiendo.CuandoMeDiCuenta,EstabaLlorando YMontreyMeEstabaAbrazandoYDecíaAlgoAsíComo"Ya SabeQueLaFamiliaDeQuanEsNuestraFamilia"Y"NosVamosA AsegurarDeQueLosCuidenBien,SeñoraTrish".LuegoSeFue YUnasHorasDespuésÉlYOtrosDeTusAmigosLlegaronCon ComidaYMeObligaronALevantarmeYUnaChicaQuePresentó Como"AquíMiSeñora"EntróEHizoLaCenaYLaLimpiezaY DEJARONUnSobreConSuficienteDineroParaSobrevivirEl MesYNoSéDeDóndeVengaElDineroYNoSéSiQuieraSaber Pero…

Niega con la cabeza al darse cuenta de dónde está y parece volver a entrar a su cuerpo. Quan lleva todo el rato viéndola y por fin cruzan miradas.

Definitivamente no tiene nada que decir.

—En fin —dice mamá, desviando la mirada—. Perdón por asustarte al venir. Es solo que…

(Por favor, que diga que me quería ver,
piensa Quan).

—Bueno, pensé que necesitabas saber. —Solloza. Voltea hacia un lado. Y Quan sabe que no volverá a sentir su mirada nunca—. Lo de tu hermana.

—¿Ella sabe que viniste a avisarme? —pregunta Quan, aunque ya sabe la respuesta.

Ve su pecho subir y bajar con fuerza.

—No quería que supieras.

—Me lo imaginé. Bueno, gracias por contarme de todos modos. No hay mucho que pueda hacer, obviamente…

Aunque ojalá pudiera hacer más, es lo que no dice.

Su mamá asiente. Una sola vez.

—Pero Gabe sí te extraña.

Quan sonríe a pesar suyo.

—Dile al chiquitín que yo también lo extraño. Que nos vemos pronto…

Las palabras se le salen de la boca y quedan colgando del aire y fuera de su alcance antes de podérselas tragar.

ESPERANZA.

Ahora los ojos de mamá se vuelven a clavar en él. Escépticos. Y quizá hasta un poco… protectores.

Pero no de él.

—Sí, ok, LaQuan —dice, claramente *harta* de la conversación. Se levanta de la mesa—. Cuídate aquí dentro.

Harta.

Casi se le atraganta al salir —sobre todo luego de oírla darlo por perdido de nuevo—, pero Quan consigue decir un:

—Sí, señora.

Su mamá hace una seña para indicar que la conversación

terminó.

—Solo quería que supieras que la cosa no está fácil, pero todo está bien.

Pero ¿mientras se va? ¿Sin mirar atrás ni una sola vez?

Quan quiere gritar:

¿Cómo puede estar "todo bien" si el hecho de que yo esté AQUÍ dentro está tan mal?

14 de junio

Querido Justyce:

No me siento... muy bien que digamos. Me enteré de algo horrible de mi hermana y... viejo, no sé nada.

Vino mi ma, con malas noticias, obviamente, porque por qué rayos vendría a visitar a su primogénito injustamente encarcelado. Y APARTE del hecho de que sacó a la superficie todos estos "*líos de mamá*" sin resolver con los que sé que Tay me va a joder durante quién sabe cuánto tiempo, lo que mamá me dijo me lanzó en un maldito torbellino, tuve un ataque de pánico genuino en el pasillo de regreso a mi celda. Creo que el superintendente casi se caga.

"Rayos, *brother*. ¿Pues qué te dijo?", te oigo preguntar, tarado (y eso me hace sentir un poco más ligero, no te miento). Para resumírtelo, mi *banda* la ha estado ayudando.

Al principio me sorprendió mucho. La verdad es que creía que esos idiotas ya andaban en otra cosa. Que se habían olvidado de tu *brother* y habían seguido con sus vidas. Supongo que se puede decir que Tay quizá tenga razón y que yo cargue con un complejo de abandono o algo.

(Pausa: no estoy seguro de qué opino de que mi terapeuta ya prácticamente viva en mi cabeza).

En fin, como te decía, supongo que en el fondo he estado convencido de que toda la gente que me importaba —en lo que siento que era una vida pasada— me había olvidado. Ninguno de ellos me puede visitar, pero mi ma tampoco lo hizo nunca. Y la única persona que me ha escrito acá adentro eres tú.

Y, bueno: no me puedo imaginar a uno de mis *brothers* escribiéndole una carta a nadie. Sin embargo, incluso sabiendo todo eso, después de un rato, el silencio te hace pensar cosas.

¿Oír que no solo <u>no</u> han borrado mi existencia de su memoria, sino que están ayudando a cuidar a mi familia mientras yo no puedo? Eso me tiene jodido, viejo.

No estoy seguro de que leas poesía (si no, deberías. Doc me tiene enganchado), pero hay una estrofa de un poema de un tipo que se llama Jason Reynolds que me persigue:

jason jason dale y aguanta
solo no estás, no lo olvides
porque en todos lados que mires
estamos en la misma manta

De hecho es un poema sobre esforzarse demasiado y estar cansado y necesitar un *break*, pero ver a mi mamá me recordó cómo se sentía tener el apoyo de gente que me <u>entendiera</u>. Que sabía quién era, que entendía por lo que había pasado y me apoyaba hasta cuando mi propia mamá me había dado por perdido. El hecho de que ahora la estén apoyando a ELLA, solo porque está conectada conmigo..., me hace sentir cosas, viejo.

Lo único que puedo pensar es que si (¿cuando?) salgo de aquí, ¿no tengo que regresar con ellos?

¿Qué hombre de verdad no se aseguraría de pagar sus deudas? ¿De que quienes lo apoyaron reciban su agradecimiento no solo en palabras, sino en actos?

Supongo que siento que les debo el mismo tipo de lealtad que ellos me están mostrando al asegurarse de que mi ma y mi hermano estén bien mientras mi hermana pasa por lo que tiene que pasar.

¿Qué se supone que haga con eso? ¿Qué se supone que haga y punto? Aunque me den un veredicto favorable en el caso, de todos modos tengo delitos en mi historial. He entrado y salido de la cárcel desde los trece años, viejo. ¿Quién me va a dar trabajo? Y antes de que me salgas con "¡Ve a la uni!", ¿quién va a pagar esa mierda?

Dejando TODO eso de lado, aunque consiga ir a la universidad y encuentre trabajo, no puedo abandonar a mi banda. En primer lugar, yo no soy así. Aunque no les debiera nada, no podría largarme y ya. He visto demasiado y sé demasiado, viejo.

Estoy en una Trampa 22 de la vida real. Leí esa cosa hace unas semanas (qué libro tan RARO). La única manera que tengo de mantenerme AFUERA del lugar a donde no tengo más remedio que regresar es quedarme aquí ADENTRO. Pero mientras más tiempo pase aquí ADENTRO, más deuda acumularé para cuando por fin esté AFUERA.

No hay forma de que esto termine bien, ¿no?

La historia de mi maldita vida.

Q

Imagen:

Un chico negro
(y un chico blanco)
visita a un hombre negro
(y a un chico blanco)

Jared insistió en acompañarlo. Dijo que sería "esclarecedor y educativo" y que necesitaba "una mayor familiaridad con la población" que "serviría más adelante".

Pero cuando él y Justyce están entrando a su destino, y Jus ve la amplia sonrisa de su viejo amigo Montrey Filly —que se dejó la barba desde la última vez que se vieron… que también fue la última vez que Jus estuvo *ahí*—, el recuerdo de un experimento de Halloween que hizo Jared y que salió mal el último año de secundaria *ENTRA* en la cabeza de Justyce con la fuerza y la velocidad de una bala.

Traerlo fue una *pésima* idea.

—¡Sabiondo! —lo saluda Trey, abriendo los brazos—. Veo que trajiste un amigo.

Jus se traga el pánico que hace que sus piernas quieran retroceder y sigue avanzando aunque sienta que está vadeando en cemento fresco.

—¿Qué onda, Trey? —dice Jus al llegar al pie del porche—. Él es Jared. Eh… Quería conocerlos.

Justo entonces, Brad sale de la casa, sonriendo. Ahora él también tiene algo de pelo en la cara. Y unas rastas rubias realmente *asquerosas*.

Lo que hace a Justyce pensar en otra cosa: lo último que supo es que los habían arrestado a ambos por incendio premeditado. Se pregunta cuándo salieron (quizá aquel abogado de la "organización" que Quan rechazó es bueno en su oficio).

También se pregunta si alguno de ellos será el verdadero asesino de Tomás Castillo.

—Justyce me estaba presentando a su amigo —le dice Tray a Brad.

Y el idiota de Jared extiende la mano para ofrecérsela.

—Jared —dice—. Lindo *grill*, viejo. —Y señala sus dientes.

—Ya sé qué es un *grill* y dónde va, estúpido —contesta Brad.

—Oye, ¿te conozco de algún lado? —le dice Trey a Jared—. Te me haces muy conocido...

—Oye, ¿este no es uno de los payasos con los que llegaste a la fiesta de Halloween de hace dos años? —pregunta Brad.

—Ah, sííí, sí es cierto —dice Trey, rascándose la barba con los ojos entornados y amenazadores.

De nuevo: pésima idea.

—Puedes pasar, Justyce —continúa Trey. Así que Jus y Jared suben los tres escalones. Y entonces—. Pero el niño blanco se queda acá afuera con nosotros.

Todos los órganos vitales de Justyce se le caen hasta los zapatos, pero, para su sorpresa, al asomarse por encima del hombro para ver a Jared, el idiota está sonriendo como si Trey acabara de ofrecerle su propio planeta lleno de "tamales calientes", como Jared les dice a las mujeres atractivas.

(Es todo un caso, ese Jared).

A pesar de la aparente comodidad de Jared —Justyce jura que lo oye decir "Bueno, sobre lo del Halloween...", mientras recorre el pasillo de Martel consagrado a Kemet—, Jus de verdad tiene que concentrarse para evitar que el pulso se le suba hasta matarlo. Investigó sobre estrategias de salida de pandillas y descubrió varias cosas… preocupantes (la figura "entras confiado/sales lastimado" apareció más veces de las que quisiera recordar).

Saber que lo que vino a preguntarle a Martel es…

Bueno, es probable que se haya vuelto loco, así que está tratando muy duro de no pensar en eso.

—Miren nada más —dice Martel cuando Justyce entra a la sala. Está en su silla *papa-san* personal, justo como Justyce esperaba, pero todo de negro. Se dejó crecer el pelo un poco y lo trae cortado en una especie de mohicano que Jus tiene que admitir que se ve muy *cool*. También trae barba y bigote, pero muy cortitos—. Qué bueno tenerte de vuelta, hermanito.

Justyce deja caer la mirada a su tobillo.

—Ahora soy un hombre libre —dice Martel, lo que lo sobresalta tanto que brinca.

Esa reacción, por supuesto, le saca una *carcajada* a Martel.

—Veo que no has cambiado mucho —dice—. ¿Cómo te trata la uni?

—Va bien —dice Jus encogiéndose de hombros.

—Pero supongo que no viniste a hablar de eso…

La mirada de Justyce se siente atraída por el piso como por un imán.

—Debo admitir que me sorprendió que me llamaras —continúa Martel—. Tomando en cuenta la manera en la que saliste corriendo de aquí la última vez, pensé: "Esto tiene que ser *muy* importante para que esté dispuesto a mostrar su cara por aquí otra vez".

Jus brinca internamente esta vez.

—Entonces, ¿qué pasa viejo? Sé que no viniste para quedarte ahí callado. ¿De qué quieres hablar?

Un inicio (más o menos) fácil.

—Eh… Quan —dice Justyce. No fue muy grácil, pero lo sacó.

Sin embargo, la manera en la que la cara de Martel se crispa de confusión hace que Jus quiera tragarse las palabras.

Se obliga a seguir.

—Hemos estado en contacto durante los últimos seis meses, más o menos…

—¿MI Vernell ha estado en contacto con*tigo*?

Ay, no.

—Sí, señor. Lo visité antes de regresar a la escuela en enero y nos hemos estado comunicando por carta desde entonces.

Martel arquea las cejas y baja las comisuras de la boca. Se ve casi… ¿impresionado? Y pasa rápidamente a suspicaz.

—¿De qué rayos se han estado "comunicando"?

Ahora Jus tiene que irse con cuidado. *Sabe* que lo siguiente que diga podría crear los cimientos sólidos para su petición descabellada o darle a Martel toda la razón para decir que es descabellada. Se encoge estratégicamente de hombros.

—En realidad, solo trato de alentarlo. Uno de mis profes de la secundaria se convirtió en su coordinador educativo y me pidió que lo ayudara a mantener la frente en alto. —Una mentira, pero necesaria—. Ya logró graduarse.

Martel se ilumina como las chimeneas que Justyce se acostumbró a ver por todo New Haven en el invierno.

—¿En serio?

—Ajá.

—¡Pues a darle entonces, Vernell!

Justyce sonríe. La cosa va mejor de lo que esperaba.

—Ese mismo profe también le consiguió una abogada nueva —continúa Justyce, zambulléndose de bruces—. Existe la posibilidad de que sus derechos hayan sido violados la noche de su arresto.

Martel ya no sonríe.

—No puedo decir que me sorprenda.

—Bueno, si es cierto, podrían exculparlo fácilmente. De verdad, dependiendo de la severidad, todo el caso podría acabar desechado…

—Estoy consciente de cómo funciona el sistema legal, potrillo.

Ups.

—Bueno, por eso vine —dice Jus—. La abogada está trabajando duro, y si Quan acaba saliendo libre…

—Te escucho.

(¿El tipo no sabe lo que son las indirectas? Uf).

—Supongo que… lo que estoy tratando de decir es que… —Respira hondo, Jus—. Eh… si sale… consideraría… eh…

—No me gustan nada tanto "eh", hermanito. Di lo que quieras decir y punto. Antes de que se me termine la paciencia.

Mierda.

—Bueno, vine a preguntar: si sale, ¿también lo dejará libre?

—¿Dejarlo libre? ¿Te crees que tengo a la gente secuestrada?

Recula, recula.

—No, no; no lo decía así.

—¿Entonces *cómo* lo decías?

Bueno. Quizá desde otro ángulo…

—Sin ofender, señor…

—Párale al "señor", Justyce. Ve al grano. Mientras puedas.

MAYDAY, MAYDAY…

—Mire, Quan ha estado trabajando muy duro. Por fin tiene un gru… este, digo, un profe que ve mucha promesa en él. Tiene una encargada de caso a la que de verdad le importa y una terapeuta que le está ayudando a trabajar sus cosas. Y está viendo que quizá tenga futuro, que es algo que creo que no veía antes.

Una comisura de la boca de Martel se eleva y Jus quiere preguntar por qué sonríe, pero se resiste.

—Lo que estoy diciendo es que ahora puede ver un camino distinto para él. No tiene idea de que estoy aquí (se pondría furioso si se enterara), pero yo de verdad creo que tiene mucho que ofrecerle al mundo y que, con un poquito de ayuda, puede seguir sus sueños.

—¿Y qué sueños son esos, Justyce?

¡Carajo!

—Bueno, no sé específicamente cuáles sean, pero sé que quiere proveer para su mamá y su hermana y ser un buen ejemplo para su hermanito.

Martel no responde.

—Como dije antes, no quiero ofenderte, Martel. Y como *tú* sugeriste, vine aquí porque lo considero de vida o muerte. Creo que los dos sabemos que si Quan sale (*cuando* Quan salga, porque de verdad creo que va a salir), va a buscar lo familiar. Entonces, todo ese trabajo duro va a haber sido para nada. Así que te pido que NO lo recibas de vuelta. Contigo. Y tus muchachos.

Los ojos de Martel se entornan hasta convertirse en rendijas y ladea la cabeza leeeentamente hacia la izquierda.

Ya fue. Justyce está oficialmente muerto.

Sabe que su vida está a punto de terminar cuando Martel lo barre de la cabeza a los pies y de regreso, luego se reclina en su trono redondo y se cruza de brazos. Con una sonrisa burlona.

—Tienes pantalones, muchacho.

No hay manera de que Justyce logre sostenerle la mirada. Pero se niega a bajar la frente. En vez de eso, clava los ojos en el póster de Huey Newton que cuelga sobre la cabeza de Martel. Aprendió mucho sobre él en su curso de Historia de la Experiencia Afroamericana en su último semestre. *Ese* sí era un hombre con "pantalones"…

—¿Y yo qué gano? —dice Martel de pronto.

Y eso definitivamente llama la atención de Justyce.

—¿Cómo?

—Vienes aquí con tu petición descabellada... ¿Yo qué gano?

—Eh...

—De nuevo con los "eh", Justyce.

—Perdón, perdón.

Justyce traga saliva y mira a todos lados *excepto* hacia Martel. Aunque sabe que va a tener que hacerlo cuando le haga la siguiente pregunta.

Así que lo hace.

—¿Qué... quieres?

—A ese profe.

—¿Eh?

—Al que ayudó a graduarse a Vernell. Quiero que venga dos veces a la semana. Que trabaje con mis muchachos para que saquen sus GED.

—Ah. —Ojalá que este tiro no salga por la culata—. Seguro que él estará de acuerdo.

—Y Vernell nunca puede volver aquí.

Jus no sabe *qué* decir a eso.

—Nunca. De hecho, saca a su familia de aquí también. No quiero ver a ninguno de ellos. En lo que a mí concierne, Vernell Banks no existe. Si veo cualquier cosa o a cualquier persona que sugiera lo contrario, tendremos problemas. ¿Entendido?

—Sí.

¿A qué rayos está accediendo? ¿A arrancar una familia entera de raíz?

—Por último: tendrá que pagar su deuda. Con intereses. En buen tiempo.

Jus quiere preguntar cómo es que una persona que no existe puede tener deudas, pero no parece ser momento para bromas.

—Entendido.

—Haré que Trey te contacte con los detalles. Quiero que entiendas que *tú* eres personalmente responsable de eso. Si algo sale mal…

Martel le dedica una mirada que le indica que definitivamente no quiere que ni una cosita salga mal…

—Responsabilidad aceptada, señor… Digo…

Y Martel sonríe. Una sonrisa cálida.

—Eres un viaje, viejo. Vernell tiene suerte. La mayoría de la gente no tiene amigos como tú. Sigue así.

—Ah. Gracias.

—Ahora largo de mi casa.

No se lo tiene que decir dos veces. Justyce trata de mantenerse tranquilo mientras recorre el pasillo de vuelta a la salida, pero está bastante seguro de que dejó de latirle el corazón.

Al abrir la puerta principal, oye las palabras "beber cerveza de cabeza" y ve los hombros de tres jóvenes extremadamente diferentes recargados en el barandal del porche estremecerse de risa.

—Eres un idiota, Jared —dice Trey.

—Haces que hasta *yo* quiera ir a la universidad —dice Brad.

Y Justyce sonríe. Porque, aunque sabe que salir de casa de Martel esta vez significa meterse en *muchas* más cosas de las que querría, que aún hay una vida *—vidas—* en juego, ahí mismo, Justyce McAllister se siente como no se ha sentido en mucho tiempo:

Libre.

11

Deuda

Quan no ha dormido bien y está un 96 % seguro de que Doc se da cuenta.

La cosa es que Doc es parte del problema. Técnicamente, ni siquiera se supone que Quan siga viendo a Doc: se graduó hace dos meses, así que el "componente educativo" obligatorio de su detención juvenil ya terminó.

Hace *rato*.

Pero ahí sigue Doc. Sigue presentándose dos veces a la semana y dándole tareas. Al parecer, todo lo que hace ahora tiene como objetivo conseguirle créditos universitarios que sean transferibles en cuanto salga. La abogada Friedman y Liberty hablaron con algunas personas e hicieron algunas cosas que Quan no sabía que fueran posibles para arreglarlo todo.

A petición de Doc.

De Doc, que también

mencionó una

beca que consiguió, que

le ayudará a iniciar

un servicio de tutoría

en el que algún día

quiere que Quan

trabaje. Porque Quan es

bueno en matemáticas.

"Tengo la corazonada de que podrás elaborar y volver los conceptos numéricos familiares para las poblaciones precarizadas a las que pretendo servir", se lo imagina diciendo.

(Pero no se lo está imaginando).

(Porque es lo que Doc acaba de decir).

—Quan… ¿te me estás quedando dormido, viejo?

Una mano le toca el hombro a Quan y sus párpados caídos BRINCAN.

—¿Eh?

—Está cayendo baba en tus materiales nuevecitos —dice Doc señalando el libro de *Principios de economía* que está abierto sobre la mesa frente a Quan.

Y cuando Quan voltea a ver la mancha de saliva, ¿qué palabra le brinca de la página?

DEUDA.

(¿Por qué tendrá una U si el verbo es "deber"?, piensa.

¿Será por "ultimátum"? ¿Porque lo van a mandar

a *ultratumba*?

Tal vez para que sepa que solo tiene *un* jefe…).

—¿Qué te pasa, viejo? —lo sobresalta Doc de nuevo—. Estás amodorrado. Distraído. Las bolsas en tus ojos me servirían para cargar el mandado.

Quan se ríe.

—No estás durmiendo bien, me imagino.

Quan desvía la mirada. Lo que, en este caso, es una respuesta.

—¿Lo has hablado con Tay?

¿Esto? No.

—Sí.

Doc no responde a la respuesta, así que Quan sabe que está haciendo su truquito de leer la mente con sus ojos láser. Se le queda viendo con sus extraños ojos verdes todos amusgados y —eso siente— lee todos sus pensamientos y la mierda que trae dentro.

Quan *no puede* devolverle la mirada, porque si lo hace… bueno, tiene tantas cosas dándole vueltas en la cabeza —tantas cosas con forma de billetes— que es muy posible que algunas se le escurran por el rabillo del ojo en forma de

gotitas húmedas.

Y Quan no puede permitirlo, ¿o sí?

Se pregunta qué podrá ver Doc. La falta de sueño, claro. Pero ¿también verá los cuatro clavos del miedo, la preocupación, la indefensión y la desesperanza que mantienen la falta de sueño en vilo?

¿Verá la extraña carta que recibió de parte de mamá la semana pasada, en la que le decía que se mudaba con Dasia y Gabe a los suburbios?

O quizá alcance a ver la conversación que tuvo con Liberty en la que a ella se le salió que rechazó una oferta de trabajo para poder quedarse en su caso.

Quizá, sin embargo, lo que vea sea la *verdadera* razón por la que no puede dormir por las noches… Dos días después de la carta sobre la mudanza de su familia, Quan recibió un sobre que tenía como remitente una de las casas de entrega de Martel —en la que Trey solía quedarse (¿en la que todavía se queda?)—.

Y dentro de *aquel* sobre había algo tan perturbadoramente familiar que Quan lo dejó caer en cuanto lo desenvolvió.

Un libro de contabilidad.

Con la plantilla que Quan había creado cuando le llevaba las cuentas a Tel.

Lleno hasta los márgenes de *fechas* y *detalles* y *costos*.

Todos relacionados con su familia.

Hay

efectivo y

combustible

alimentos y

medicamentos

servicios domésticos y

comida caliente.

Cualquier referencia a *Dwight* está completamente ausente, un alivio si considera los 22 meses que Quan lleva encerrado por esos cargos. Qué bueno saber que *esa* deuda está saldada.

Pero aun así.

El libro de contabilidad contiene un total.

Lo que Quan le debe al hombre que ahora no quiere tener nada más que ver con él.

Porque con el libro venía un recado de una sola palabra:

Exactum.

Es el mismo recado de una palabra que le entregaban a los clientes de Tel cuando ya no quería hacer negocios con ellos. Una orden y una amenaza a la vez: ***Paga y desaparece, o si no...***

Y si bien Quan se sintió sorprendido —y, debe admitirlo, dolido— de recibir una de las famosas "declaraciones de ruptura" de Martel, lo que lo saca de quicio son las cifras.

Su deuda.

Porque, si tiene una deuda monetaria con Tel, *alguna* deuda tendrá con Tay.

Definitivamente está en deuda con la abogada Friedman, así que sin duda también con Liberty.

No hay forma de saber cuánta deuda ha acumulado con Doc.

¿Y con Justyce?

Será un milagro si logra mirarlo a los ojos alguna vez en su vida.

Odia que suceda, pero ese maldito libro de contabilidad no deja de poner sus preguntas menos favoritas al mismo frente de su consciencia:

¿PorQuéLoAyudan? ¿PorQuéLesImporta? ¿QuéEsperan ACambio? ¿CómoHaráParaPagarles? ¿CuándoLlegaránLos Cobradores?

Y la peor de todas:

¿CuántoTiempoTardaránEnPercatarseDe QueÉlNoEsQuienCreenQueEs?

Porque no lo es.

No es ningún académico ni visionario ni futuro líder de los Estados Unidos.

Es un chico tonto que tomó un montón de decisiones tontas que lo han metido en deudas tan grandes con TODO EL MUNDO y que siente que se está ahogando.

Sí, quiere a su familia más que a su vida y es bueno con los números. Pero eso no se traduce en "inversión valiosa de tiempo, energía y recursos".

"Pero voltea la situación, LaQuan", oye a Tay decir en su cabeza como

hizo en su última sesión:

"Si tú fueras

YO

y yo fuera

TÚ,

¿invertirías en

MÍ siendo TÚ?".

—Sí —dijo sin pensarlo dos veces.

"Pero ¿por qué?".

—Porque eres tú. Obviamente.

(Tay puso cara de exasperación. Un "no estás entendiendo, LaQuan" no verbal).

"¿Y si no fuera yo? ¿Y si fuera un chico

COMO tú?

¿Con tu misma historia?".

Entonces, Quan sí tuvo que pensarlo. Pero no por mucho tiempo. Porque esa respuesta también era obvia.

—También invertiría.

"¿Qué invertirías?".

—Tiempo. Energía. Recursos… —La siguiente palabra lo impactó al salir de su lengua; rebotó por la sala con un eco que las otras no tenían—. Fe.

"¿Fe?".

—Sí. Todos deberían tener a *alguien* que crea en ellos. Sin importar lo que hayan hecho. Alguien que no los dé por perdidos.

Y entonces:

—Sin condiciones.

Entonces sí lo había entendido. *ÉL* estaba dispuesto a hacer por alguien más lo que estaban haciendo por él. Sin costo y sin condiciones. Era lo correcto.

Punto.

Y sin embargo…

—Entonces ¿piensas decirme qué te pasa, o mejor…?

Doc no dice el resto porque ZUMBA una alarma y la puerta de su salón se abre de *golpe*.

"SEÑORA, no puede entrar así nomás, tenemos PROTOCO…".

Pero el ladrido del cabeza de bola de boliche tampoco termina.

—Jarius, LaQuan, necesito que me acompañen ambos —dice la abogada Friedman con tal autoridad que el aire de la sala se pondría en firmes si se lo pidiera.

Quan y Doc se miran con los ojos desorbitados.

"¡Señora! Voy a tener que pedi…".

—Tienen que ver esto —continúa con una mano en alto (Quan nunca ha visto la boca de su guardia menos favorito cerrarse tan rápido).

—Ya.

Imagen:

Dos chicos,
una abogada,
un maestro
y un guardia molesto en
una sala de conferencias

Quan casi se tropieza de sorpresa al seguir a la abogada Friedman por la puerta abierta de la sala de conferencias del Centro Regional de Detención Juvenil Fulton y ver al mismísimo Justyce McAllister sentado a la mesa.

Justyce, que le dedica un leve saludo con la barbilla antes de regresar su mirada al frente. Y que trae puesto un traje. Quan nota cuánto se está esforzando por mantenerse en modo Negro Profesional… y está seguro de que Jus sabe cuánto se está burlando de él en su cabeza. Pero el hecho de que esté *ahí* expande el espacio alrededor de Quan lo suficiente para que respire con más facilidad.

Aun así, todavía no sabe qué hace ahí. Qué hace ahí *nadie*.

—Jarius, Quan, tomen asiento, por favor.

La abogada Friedman pasa al fondo de la sala y se inclina para decirle algo a un tipo que está en la cabecera con una *laptop* abierta.

En cuanto el trasero de Quan toca su silla, una imagen aparece en una pantalla que no había notado detrás del de la *laptop*. Una pantalla que ocupa la mitad de la pared.

Los ojos de Quan recorren deprisa la sala y saltan hacia el proyector; y su mente entra en marchas forzadas mientras distintas maneras de destrozar el aparatejo blanco, de destruirlo definitivamente, se arremolinan en su mente como *highlight reel*. Porque en la pantalla gigante hay una imagen granulada de una sala austera con una mesa y dos sillas.

Y sentado en una de las sillas está Quan. Con las manos esposadas en la espalda.

Un dolor agudo se dispara en su hombro cuando los recuerdos se desatan en estampida por su cráneo. Siente que se le aprieta el pecho, así que cierra los ojos y hace unas respiraciones profundas, sabiendo que lo mejor para todos es que vean eso en vez de uno de sus ataques de pánico característicos. Se va de ahí (al menos mentalmente).

Una sensación de calidez lo devuelve abruptamente a la sala tras quién sabe cuánto tiempo, y al fijar los ojos en el contraste entre su antebrazo oscuro y la mano pálida que descansa sobre él, una voz femenina dice:

—¿Estás bien?

El resto de la sala se enfoca ante él y, a pesar de todos los ojos que tiene encima, lo que más le resalta es su uniforme naranja de "alto riesgo/violento" comparado con el resto de la ropa a su alrededor. De la ropa *normal* (aunque ver a Jus de traje sea un poco raro).

Carajo, lo que no daría por usar ropa normal otra vez. *Jeans*. Camisetas de algodón que no sean toscas ni den comezón. Jordans en vez de las chanclas estandarizadas estilo Jesucristo.

En la imagen en la pantalla, Quan alcanza a ver el tercio superior de una sudadera blanca que sabe que tiene el logo de Champion impreso al frente en azul y rojo. Un poco irónico tomando en cuenta dónde está sentado, pero bueno: era su sudadera favorita.

Y la extraña.

La extraña *tanto*.

—Todo bien, señora Adrienne —le dice a la abogada Friedman, que está hincada junto a él en su traje elegante—. Solo me agarraron desprevenido.

La abogada Friedman pasa su mano del brazo de Quan a su propia frente.

—Lo siento mucho. No lo pensé. Debí haberte avisado…

—Todo bien, todo bien —dice Quan. Voltea a ver a Justyce, que asiente cuando su pulgar moreno se asoma por el borde de la mesa—. Estoy bien. En serio —le dice a toda la sala—. Podemos continuar.

La abogada Friedman mece la cabeza una vez y se pone de pie para taconear de vuelta al fondo de la sala.

—Gracias a todos por venir —dice, de nuevo en modo abogada—. Como Justyce (quien ya lo vio) y Quan saben, el video que están a punto de ver fue filmado la noche del arresto de Quan, hace casi dos años. Un interno en mi despacho tuvo la amabilidad de condensar las más de 19 horas de cinta en los doce minutos que van a ver.

Presiona *play* y Quan observa, cautivado, cómo un tipo que a la vez es y no es él se transforma, durante el curso de tres visitas a la salita en la que lo interrogaron, de ser un joven decidido a un niñito que solo quiere que lo dejen en paz. En el primer *round* estaba sentado derecho, con el pecho hacia delante, pero para cuando lo metieron en la silla para el tercero, ya no le quedaba nada: se desplomó de inmediato y recargó la frente en la mesa.

Quan sabe que el video está "condensado", como dijo la abogada Friedman, pero le vuela los sesos lo rápido que pudieron quebrarlo. Sobre todo tomando en cuenta cuánto tiempo lleva ahí adentro y cuánto podría pasar en la cárcel *de verdad* si su caso se mantiene y lo condenan.

Tan rápido como comenzó, el video termina.

Doce minutos de cinta.

Entre una década y una *vida* encerrado.

Entonces, ¿por qué Justyce está sonriendo como si alguien acabara de pasarle una charola con sus sueños más guajiros en ella?

—¡Tenía razón, *bro*! —dice Jus, saliéndose de su personaje elegante—. A partir de lo que me contaste, tuve una corazonada…

—¿De qué hablas, viejo? —contesta Quan, porque se está enojando (aunque ver el cambio de expresión de Justyce lo hace querer retractarse).

—¿No viste el video? Es obvio que violaron tus derechos Miranda, Quan.

Ahora Quan es al que le está cambiando la expresión.

—¿Eh?

—LaQuan, cada vez que entraste en esa sala, invocaste tu derecho a guardar silencio —dice la abogada Friedman—. Literalmente. Y los oficiales que te interrogaban siguieron por la fuerza. Tomando en cuenta cuánto tiempo pasó entre el primer y el último interrogatorio, también sospecho coerción…

—¿Coerción?

—¿Te dieron de comer?

—No.

—¿De beber?

—No.

—¿Te dejaron dormir?

—No.

—¿Te dejaron usar el baño?

—No…

La abogada Friedman sonríe. Parece inapropiado, pero Quan comprende.

—Coerción —dice.

La abogada Friedman asiente. Una sola vez.

—Correcto.

Justyce retoma la palabra.

—Pero incluso sin la coerción, tu confesión sería inadmisible…

—*Debería* ser inadmisible —dice la abogada Friedman—. Ya presenté una moción para suprimirla.

—Pero ¿tomando en cuenta la cara del fiscal cuando nos llamó para recoger las cintas? —Justyce le guiña un ojo a Quan.

—Justyce —dice la abogada Friedman en tono de advertencia, pero también está reprimiendo una sonrisa.

Quan mira a su alrededor, tratando de asimilarlo todo.

—Entonces, ¿qué… significa esto? ¿Exactamente?

—Bueno, a mí me suena —propone Doc, cortando la confusión de Quan con su voz como mantequilla con un cuchillo— a que está usted un paso más cerca de su libertad, señor Banks.

23 de julio

Querido Quan:

Mira, no le digas a nadie (ojalá que no abran esta carta antes de dártela), pero esta mañana entregaron un documento del laboratorio estatal en el despacho de la señora F —de la abogada Friedman, perdón— y creo que te va a parecer muy interesante. Te adjunto una fotocopia. Seguramente se va a enojar conmigo cuando vea que abrí una entrega mientras estaba fuera, pero al ver que el remitente en el sobre era la fiscalía, no me pude resistir.

En fin.

Como demuestra el documento, tenías razón: la balística no empata. Sacaron dos balas del cuerpo de Castillo y ninguna de ellas coincide con el calibre de la pistola que encontraron con tus huellas.

Yo ya te creía, obviamente, pero esa evidencia debería ayudar en tu caso. Estoy seguro de que has estado al menos un poquito nervioso desde que presentaste tu declaración de inocencia, así que creí que esto te tranquilizaría un poco.

La abogada Friedman ha estado machacando al juez para que le ponga fecha al juicio. Creo que estuvo bien que te decidieras por un juicio sin jurado, porque no tener que seleccionar uno debería acelerar las cosas. Ahora mismo, el Estado no tiene evidencia concreta y cero testigos presenciales, así que, a menos que el fiscal tenga un par de ases bajo la manga de los que no sepamos, no hay manera de que le alcance para condenarte. Esperamos enterarnos de qué pasó con la moción de la confesión muy pronto y en cuanto el tribunal decida suprimirla —fallar lo contrario sería una injusticia flagrante—, el Estado no tendrá nada.

Con suerte estarás fuera pronto.

Mantén la frente en alto, *¿ok, bro?* Ya casi lo logramos.

Mi chica te manda saludos, por cierto. Está aquí sentada junto a mí y quiere que te diga que no puede esperar a conocerte.

Más noticias pronto.

Te doy mi palabra.

Sinceramente, tu amigo,

Justyce

Un mes después

27 de agosto

Querido Justyce:

Me siento pésimo escribiéndote tan pronto —apenas van dos días desde que te fuiste—, pero hoy me la estoy pasando mal. Liberty vino a decirme que también va a regresar a la escuela y, aunque la suya sea local, el final de sus prácticas significa el final de su presencia aquí. Una mierda.

Encima de eso, hoy en la mañana me enteré de que van a recortar mis lecciones con Doc a una vez cada quince días. Algo sobre cambios de presupuesto y leyes laborales.

Otra mierda.

No sé, viejo. Trato de no ser dramático, pero saber que no voy a ver a tres de las personas que me estaban manteniendo a flote me hace sentir que voy a hundirme. Sigue sin haber noticias sobre la moción para suprimir la confesión, ni fecha de juicio.

Estoy tratando de mantener la frente en alto, como me dijiste la última vez que me visitaste con la abogada Friedman (claramente he cambiado, porque la palmadita que me diste en la maldita frente te habría ganado un puñetazo antes). Pero me cuesta.

Con cada día que pasa me cuesta más.

Algo bueno: el otro día hablé con mi ma. Me dijo que a mi hermana le está empezando a crecer otra vez el pelo. Qué alivio. Sabía que esa testaruda no iba a dejar que la venciera esa mierda.

Ojalá viniera a echarme un poco de su optimismo.

Espero que regreses con bien a la escuela.

¿Me escribes pronto?

Sinceramente,

Quan

12

Hecho

Durante las últimas cinco noches, Quan ha estado teniendo unas pesadillas loquísimas. Lo sacan de su celda, lo llevan a rastras por un pasillo oscuro y lo lanzan a una zanja llena de huesos de chicos negros muertos, o ve a Tomás Castillo salir de su tumba y perseguirlo hasta casa de Martel, donde todos sus amigos están esperando para matarlo a tiros.

La de anoche estaba estelarizada por un Justyce de ojos blancos en un traje de tres piezas que le abría el pecho y fruncía el ceño ante lo que veía adentro antes de convocar a Doc para que fuera a eliminarlo con una escopeta. Y por quinta noche consecutiva, abrió los ojos de golpe, pero era incapaz de respirar.

O de moverse.

Todo empezó en su segundo aniversario en ese lugar. 79 días luego de presentar su declaración de inocencia.

Lo que significa que lleva 735 días en la cárcel.

Siente sudor en el pelo y el cuello. Y no puede respirar.

Pero, esa vez, algo no es igual.

No sé qué le pasa. Tiene los ojos abiertos, pero no reacciona. Parece que hubiera visto un fantasma… ¿Tengo que ir por el médico?

—Disculpen.

Señora, no tiene permitido entrar a la celda…

—¿Quan?

Quan reconoce esa voz.

Solo desearía poder contestarle.

Señora, su presencia en el interior de la celda es una violación del protocolo…

—Oficial, este joven está en peligro, lo que me parece una razón de bastante peso para suspender su *protocolo* por unos minutos —dice la voz femenina—. ¿Quan? Soy Tay. Aquí estoy, ¿ok? —Le pone una mano en el brazo—. La parálisis se irá en breve y yo estaré aquí.

Pero ¿qué hace ahí?

—¿Todo bien, Octavia? —pregunta otra voz femenina familiar.

—Sí, todo bien —contesta Tay—. Solo necesita un minuto para que su sistema se relaje. Ha de haber tenido una pesadilla.

Y ahora las dos están rompiendo el protocolo,

se lamenta la voz masculina.

—Enseguida dejamos de molestarlo, oficial —dice la segunda mujer.

—Bueno, algo así… —murmura Tay. Bola de Boliche es el que las está molestando a ellas, lógicamente—. Apreciamos su paciencia —dice fuerte y claro.

"Aprecian mi paciencia". Tah…

—¿Puede vernos u oírnos? —continúa la segunda voz femenina.

—Oírnos, casi de seguro. Vernos, no lo sé. La parálisis del sueño puede ser engañosa. Sus ojos no se han movido, así que no creo que pueda ver mucho —dice Tay.

—Suena aterrador.

—Ciertamente no diría que es divertido —contesta Tay—. Muy bien, ahí viene. Lo vi mover el pulgar…

De un solo golpe, el peso que le apretaba el pecho se suelta y dos rostros se enfocan ante él, uno moreno con un desteñido rubio (fresco) y el otro blanco, con el cabello castaño oscuro hasta los hombros. Quan da la respiración que le salva la vida (o eso siente) y cierra los ojos.

Los abre de nuevo para asegurarse de no estar soñando.

Las dos mujeres siguen ahí.

—Vaya, qué vergüenza —dice.

Tay y la abogada Friedman se ríen.

—¿Qué día es? —pregunta Quan, confundido. Ve a Tay los jueves y a la abogada Friedman cada tercer lunes. Está bastante seguro de que las fechas no coinciden.

—Miércoles —dice Tay—. Siéntate. Tenemos algo que contarte…

El joven ya despertó. Necesito que desalojen la celda.

Protocolo.

—Jesucristo, dame fuerzas —susurra Tay. Eso dibuja una sonrisa en el rostro a Quan. Pero, sí: que ella y la abogada Friedman estén *dentro* de su celda es… raro. Y un poco incómodo. No está precisamente ordenado ahí adentro. Aunque es mejor que haya libros tirados por doquier que otra cosa…

Además: está en boxers.

En cuanto salen de la celda y de su campo visual, Quan agarra su uniforme de donde lo había tirado en una pila de tela color mandarina sobre el piso de concreto y se lo pone encima de los calzones y camiseta. Mete los pies en los calcetines con la *máxima celeridad*, como aprendió de Doc, y luego en las sandalias.

Parte de él quiere disminuir el ritmo. Si Tay *y* la abogada Friedman están ahí, es porque pasó algo.

Y es posible que sea malo.

Porque ¿por qué, si no,

sería necesaria la presencia

de su abogada

Y

su terapeuta?

Pero es demasiado tarde. Ya cruzó el umbral hacia el área común.

Y lo están esperando.

Nadie dice una palabra mientras se dirigen hacia la línea de salitas de reunión. Quan mira a todos con cuidado, Bola de Boliche y el superintendente incluidos, tratando de medir la vibra, pero no logra nada porque *él* está demasiado nervioso. Le escurre sudor de la axila y por el torso, y traga saliva.

Luego entran a una sala y se sienta. El guardia se va y la puerta se cierra.

Quan sigue respirando.

A duras penas.

Nadie dice nada.

Pero luego…

La abogada Friedman sonríe.

Y mira a Tay.

Que también está sonriendo.

—Bueno —dice la abogada Friedman—. Te tenemos noticias.

—Muchas —dice Tay—. Y es probable que te abrumes.

—Y por eso vino Tay —dice la abogada Friedman—. Si en algún punto necesitas que repita algo, dímelo. Y si necesitas que me detenga para procesarlo, me avisas.

—¿Trato hecho? —pregunta Tay.

(A Quan no le gusta nada el equipito de relevos que se traen, pero bueno).

—Trato hecho —contesta.

Abogada Friedman: Primero que nada, ¡buenos días!

Tay: ¿En serio, Adrienne?

Abogada Friedman: ¿Qué?

Tay: No hay que darle un infarto.

Quan: Por favor.

Abogada Friedman: Lo siento. Solo me pareció descortés no decirlo.

Quan [*Respira hondo*]: Buenos días.

Abogada Friedman: Nos respondieron la moción.

Quan [*Deja de respirar*]: …

Abogada Friedman: Estoy encantada de informarte que el tribunal decidió suprimir tu confesión debido a la flagrante violación de tus derechos Miranda y la sospecha de coerción.

Quan [*Respirando y sonriendo*]: ¿En serio?

Abogada Friedman: Uy, y hay más. También nos respondieron la petición de una fecha de juicio expedita.

Quan [*Deja de sonreír*]: Ok…

Abogada Friedman: El juicio será…

Quan [*Con el alma en vilo*]: …

Tay: Qué cruel, Adrienne.

Abogada Friedman: Perdón, perdón. Nunca.

Quan: ¿Eh?

Abogada Friedman: Recibí una llamada del mismísimo fiscal de distrito ayer por la tarde. El Estado retira todos los cargos.

Quan [*Sin respirar… otra vez*]: …

Abogada Friedman: El fiscal dijo que con una confesión suprimida, sin arma del crimen y sin testigos, no tienen un caso. Te vas de aquí, LaQuan.

Quan [*Aún sin respirar*]: …

Tay: ¿Quan? ¿Estás bien?

Quan [*Voltea hacia ella*]: ¿Está diciendo lo que creo que está diciendo?

Tay [*Sonriendo*]: Yo creo que sí.

Abogada Friedman: Definitivamente sí.

Quan [*Voltea hacia la abogada Friedman*]: Así que… ¿se acabó?

Abogada Friedman: Sip.

Tay: Se acabó.

Abogada Friedman: Se acabó para siempre.

Se acabó.

Seis meses después

Imagen:

Dos chicos en
unos juegos nuevos
(para ellos)

Los dos niños GRANDES —si es que aún cuentan como niños— sentados tranquis encima del muro de escalada ignoran olímpicamente las miradas fulminantes que les lanzan los niños *de verdad*.

Que se quieren subir.

—Justyce, te das cuenta de que parecemos pervertidos nivel A, ¿verdad?

—Qué importa, viejo. Estamos cuidando la fiesta de tu hermano. ¿Qué mejor atalaya que el punto más alto del parque?

Quan niega con la cabeza.

Y sonríe.

—Sigo sin creer que estés *aquí*. Es *spring break*, viejo. Deberías estar en una playa mirando conejitas con los lentes más oscuros que puedas encontrar.

—Eso sí que es de pervertidos, *bro*.

Quan se ríe.

—Hablando en serio, el estereotipo de *universitario pobretón* es verdad —continúa Justyce.

—Óyeme, óyeme. No puedes andarte diciendo *pobretón* si vamos a ser amigos. Eso es cosa de mentalidad. Y es contagioso.

Justyce bufa burlón.

—Suenas como Martel.

Lo que le da una punzada en el corazón a Quan. Y apuesta a que Justyce lo nota, porque su amigo ya no dice nada.

—¿Lo has visto recientemente? —pregunta Quan, aunque no debería.

Justyce asiente.

—Sí. Fui el otro día para ayudar a DeMarcus con un ensayo que Doc le encargó en cuanto me vio entrar. Hasta llevé al loquito de Jared. Parece como si él y Brad fueran hermanos perdidos, por la manera en la que se comportan —dice negando con la cabeza.

Quan suspira y mira al vacío. No mucho tiempo después de su liberación, Justyce —alias el Peor Guardasecretos del Mundo— se quebró y le contó la extrañísima anécdota que explicaba el aviso de *Exactum* que recibió de Martel. Incluyendo la parte en la que ofreció los servicios de enseñanza de Doc para los miembros de la organización de Martel.

Según Justyce, Doc se tomó bien el asunto considerando lo que había en juego. Pero le dejó claro que Jus *iba* a trabajar para el servicio de tutoría que había fundado y que planeaba expandir. Sin paga.

Quan, sin embargo, *sí* recibe paga. Y *mucha*. Mucha *más* de la que siente que merece, pero esa es otra cosa que está aprendiendo. De Doc, no de Martel: "No te menosprecies al menospreciar tus habilidades".

Doc también lo hizo abrir una cuenta de cheques en su décimo octavo cumpleaños y le enseñó a usar cheques, aunque la práctica ya esté obsoleta (Doc no está en la onda de las apps de transferencia instantánea). Y Quan todavía envía un cheque a la dirección de Martel cada varias semanas para saldar su deuda… aunque, curiosamente, no han cobrado ni uno solo.

—¿Entonces están todos bien? —pregunta Quan sin voltear a ver a Justyce.

—Sí, viejo. Muy bien. Siguen… con su negocio. Igual que antes. Pero también están aprendiendo y creciendo. Tu *brother* Trey se acaba de enterar de que va a ser papá.

—¿Qué? ¿En serio?

¿Qué rayos habrá opinado Martel de *eso*?, se pregunta.

—Sep. ¿Al parecer ha estado un buen rato con ella? Creo que se llama Trinity. ¿La conoces?

En la mente de Quan surge la imagen de Trey abrazando a una morena preciosa en una de esas noches de *antes*, cuando todo era distinto. Sonríe.

—Sí.

—*Bro*, conozco a Trey de toda la vida y *nunca* lo había visto tan contento como cuando me dio la noticia ayer.

Quan deja caer la mirada a sus rodillas. Carajo, lo que no daría *él* por ver a Montrey Filly contento. Con todo por lo que ha pasado.

—Qué increíble, viejo. Felicítalo de mi parte.

Como Justyce no contesta, Quan alza los ojos y se lo encuentra *examinándolo* como hace a veces Tay. Quan le empuja el hombro.

—¿Por qué me miras así, hermano? ¿Quieres bronca?

—Nada, viejo —lo empuja de vuelta Justyce—. Hay que hablar de otra cosa, porque te me estás poniendo cabronamente nostálgico.

—Deja las groserías. Hay bebés cerca.

Justyce lo ignora.

—¿Y tú cómo estás, *bro*? ¿Todo excelso?

—¿Quién te crees? ¿Doc?

—Contesta la maldita pregunta, no te hagas el loco.

Quan suspira. Y sonríe de nuevo. La verdad es que es lindo tener a Justyce por ahí, aunque sea temporal. De verdad es el mejor *amigo* que ha tenido en su vida.

—Todo va genial, viejo. Me tomó un rato entrar en ritmo luego de mudarme de regreso con mi ma... Los suburbios son raros como la mier...

—Esa lengua.

Quan se ríe.

—Todo aquí es raro, pues. No hay *ruido*. Ni faroles. Y todo, este parque incluido, cierra como a las siete. —Niega con la cabeza—. Definitivamente tenía mucha más libertad (y muchos menos quehaceres) durante mis meses en casa de los Dray, pero no me puedo quejar.

Cuando lo liberaron, Quan se mudó con Doc y su esposo para pasar un poco de tiempo reaclimatándose antes de volver a casa. Y resultó ser buena idea: al principio le costó mucho, y tener no uno sino *dos* hombres negros exitosos cerca que lo apoyaran y guiaran fue utilísimo. Incluso ver a dos tipos locamente enamorados —algo que tiene que admitir que le resultó incómodo al principio— le ayudó: cuando invitó a Liberty a almorzar y lanzó su mejor tiro… y ella lo bateó al avisarle que tenía novia, Quan ni parpadeó.

—¿Cómo andas con SJ? —le pregunta a Justyce ahora que tiene amor en la cabeza.

—Ah, nos vamos a dar un *break* —contesta Justyce.

—¡Que *qué*!

Justyce sonríe.

—Te estoy tomando el pelo. Todo está genial, viejo. Ahorita está en Israel en su viaje Birthright.

—Más te vale que no conozca a un judío guapísimo con más dinero que tú, don Pobretón.

—Cállate, *dawg*. Ya sé que conoces la frase "Cuando pruebes chocolate…".

Quan se ríe tanto que casi se cae del muro.

—Aquí entre nos, ojalá encontrara una mujer como Liberty.

—Oye, ¿ya te conté que Jared la vio con su chica por casualidad en un restaurante y el idiota trató de piropearla y lo batearon tan fuerte que le dio tortícolis?

Ahora Quan se ríe aún más fuerte.

—No lo dices en serio, viejo.

—Claro que sí. A veces es más tonto que una piedra. Sus raíces de privilegiado ignorante se le trepan para ahorcarle las neuronas *buenas* de repente —continúa Jus.

—Puedes sacar al blanquito rico del *country club*…

—Pero no puedes sacar el *country club* del blanquito rico. Eso mismo, viejo.

Los chicos —los jóvenes, en realidad— caen en un silencio estable.

Y por eso al fin oyen los gritos furiosos que les lanzan los niños de cuarto y quinto grado desde abajo.

—¿Y si se bajan de ahí para que podamos, no sé, *escalar*? —les llega la voz de un morenito de pelo negro muy lacio. Sunhil, cree Quan que se llama.

—Oye, ¿a quién crees que le estás gritando así, eh? —dice Quan.

A Sunhil se le desorbitan los ojos.

—¡Perdón! No quise…

—Te estoy tomando el pelo, niño. Vamos, Justyce.

Los dos se bajan y se quedan a un lado, mirando a los niños —el hermano de Quan, Gabe, incluido— echar carreras por parejas hasta arriba.

—¿Puedes creer que mi hermanito ya tiene *once* años, viejo? —dice Quan, cruzado de brazos mientras ve al niño larguirucho y enamorado de los superhéroes con el que pasa todos los sábados ser vencido en una carrera de escalada por una niñita pelirroja y pecosa que se mueve como una maldita araña—. Tiene dos años más que cuando nos conocimos tú y yo. Qué locura.

—Oye, ¿te acuerdas del cohete?

Quan lo voltea a ver como si le acabara de preguntar si las ballenas azules vuelan.

—¿De verdad me lo estás preguntando? *Claro* que me acuerdo del cohete. Era mi medio de transporte imaginario favorito, señorito.

Justyce se pierde en un lugar al que Quan no puede acompañarlo, y entorna los ojos.

—¿Lo extrañas?

Al principio, Quan no contesta. Porque de verdad tiene que pensarlo. Sus ojos recorren el parque siempre limpio. Tocan a su mamá, riéndose con la de Sunhil; a su hermana, toda melosa en los columpios con un chiquillo al que Quan definitivamente quiere darle una paliza; a su hermano, sentado en la cima del muro de escalada con los brazos alzados en señal de triunfo en su cumpleaños; con su mejor amigo a su lado.

Lo único que falta es su papá. Pero se escriben todas las semanas y Quan ha ido a visitarlo un par de veces, así que incluso eso está bien.

Sonríe.

—¿Sabes qué, viejo? Ya no.

—¿Ya no?

—Nah —dice Quan—. Ya no necesito ir al espacio.

Justyce sonríe y Quan sabe que Jus sabe exactamente qué va a decir ahora.

Así que lo dice:

—Todo lo que necesito está justo aquí.

(Considera esta carta indefinida y, por lo tanto, "infechable").

Querido Justyce:

Gracias.

Por todo.

Sinceramente,

Vernell LaQuan Banks Jr.

Nota de la autora

Este es el libro que más trabajo me ha costado escribir en mi vida. Desde la investigación hasta el contenido, pasando por las partes dolorosas de mi pasado que descubrí estaba excavando sin querer, la historia de Quan requirió más de mí de lo que creía posible para un texto de "ficción".

Pongo ficción entre comillas porque a pesar de que este sea el libro más ficticio que he escrito hasta ahora, fue el que se sintió *menos* ficcionado. En realidad, conozco a más Quans que a Justyces. A más chicos —y chicas— haciendo su mejor esfuerzo por *no* meterse en problemas en un mundo que parece decidido a meterles por la fuerza. Chicos, casi siempre pobres, afroamericanos y viviendo en circunstancias nada ideales (en términos eufemísticos), que tienen su primera suspensión en la escuela y les dicen que tienen "problemas de conducta" antes de llegar a los diez años. La clásica vía directa de la escuela a la cárcel. Búscalo.

Pasé tiempo en centros de detención juvenil interactuando con los chicos que tienen encerrados ahí dentro y escuchando sus historias de caída lenta. Muchos de ellos se parecían a

Quan: un padre encarcelado, vidas domésticas muy traumáticas y recursos limitados para la supervivencia, ni hablar de una mejora en su situación. La mayoría de las decisiones que tomaban —sobre todo las que los acababan metiendo ahí— provenían de la desesperación: un chico de diecisiete que se unió a una pandilla cuando su papá los abandonó y su mamá se desmoronó lentamente; acabó metido en drogas para aliviar el dolor que no sabía cómo tratar y terminó cometiendo un asesinato de pandillas. Un chico de quince que sufría *bullying* y terminó por hartarse y por meterle un tiro en la cabeza al *bully*. Un chico cuyos padres lo metían por las ventanas de las casas para que les abriera la puerta y pudieran entrar a robar. Y la que siempre acaba detenida porque se quita la tobillera cada vez que le dan arresto domiciliario.

Muchos de los chicos que conocí *saben* que van a acabar en prisión por mucho tiempo. La *mayoría* de las chicas han sufrido abuso o tráfico sexual (y *todas* tienen menos de dieciocho años). He conocido a un par de chicos que tienen novias embarazadas y están esperando que los liberen.

Digo todo esto para que lo sepan: lo que cuento en este libro es muy real.

Sí me tomé algunas libertades. Por ejemplo, es muy poco probable que le permitieran a Justyce visitar a Quan en el centro. En el estado de Georgia, las visitas están limitadas a familia inmediata, parejas y abogados. Si de verdad lo hubieran encarcelado aquí en Georgia, habría podido enviar solo dos postales a la semana, a menos de que su familia proveyera los sellos adicionales. También es poco probable (desafortunadamente) que Quan tuviera un equipo tan sólido —amigo, encargada de caso, terapeuta, profe y abogada— a su alrededor.

Eso fue lo más difícil de contar esta historia: saber que la parte más ficticia es el apoyo que recibe Quan.

Pero creo que podemos cambiar eso, querido lector. Sin importar cuán joven o viejo seas, todos tenemos el poder de influir en las personas a nuestro alrededor *antes* de que lleguen al punto al que llegó Quan. A veces, lo único que se necesita para lograr un cambio de dirección es saber que hay *alguien* ahí afuera que cree en ti. Que tienes algo positivo que ofrecerle al mundo.

Si *nunca* has tenido a alguien así en tu vida —a alguien que vea el bien en ti—, por favor, por favor, por favorcito, confía en que *yo lo veo*. No tengo que conocerte para saber que vales mucho y que tienes algo que ofrecerle al mundo, algo que nadie más puede ofrecer. No hay dos como tú.

Si eres una persona bendecida con gente que cree en ti, pasa el favor. La mayoría de las personas con las que interactúas están luchando alguna batalla. A veces, una sonrisa o un genuino "Oye, ¿cómo estás?" tienen el poder de mover una montaña emocional. Puedes cambiar el día de quien te escuche y un "Yo creo en ti" podría cambiar toda una trayectoria de vida.

En fin. Aquí me detengo.

Gracias por leerme, y no lo olvides, por favor: tú eres increíblemente importante y tienes mucho que ofrecer sin importar cómo te sientas. Resiste cuando el mundo intente convencerte de lo contrario.

Agradecimientos

Como de costumbre, más personas merecen mi agradecimiento de las que seré capaz de nombrar, pero si contribuiste a este libro de CUALQUIER manera —primeros lectores, alentadores, fans de *Querido Martin* que exigieron una secuela (seguramente esto *no* era lo que tenían en mente, pero bueno), verificadores de datos, etc.—, gracias.

En específico, gracias a Phoebe, por decirme que querías un libro sobre Quan y dejarme escribirlo como yo quería. A Bárbara, por aprobar esto que Phoebe quería que hiciera. A Danny y Zay, por mensajearme aquel día y pedirme que contara *su* historia… por decirme que querían que *yo* amplificara *sus* voces escribiendo sobre un chico cuyas experiencias se parecen a las de ustedes más que las de Justyce.

Nigel, gracias por tu constante disposición a crear el espacio y el tiempo para que viva estos enormes sueños míos en constante evolución. A Jakaylia y Rodrea, por leer desde el principio y decirme si las conmovía o no. A Jeff, Megan y Sarah, por formar parte de #TeamAbogados, leer esto desde el inicio y revisar los temas legales. Y a #TeamRandomHouse: son geniales. Mención especial para Kathy y Kristin, que me mensajearon mientras lo leían para avisarme que lo estaban leyendo… y disfrutando.

Y, más que a nadie, quiero agradecerte a TI, querido lector (sobre todo si de verdad estás leyendo estos agradecimientos). Espero que el hecho de que hayas llegado hasta este punto del libro significa que leíste la novela entera, y por eso te estaré eternamente agradecida. Los chicos como Quan no reciben mucha atención positiva, así que el hecho de que le des la tuya —aunque sea un personaje ficticio— es muy importante para mí.

Ojalá que tomes todo lo que aprendiste en este libro y lo uses para mejorar este mundo desquiciado en el que vivimos.